彩色插图版

U0724263

经典
历险故事

Jingdian Lixianggushi

墨 人◎主编

吉林出版集团股份有限公司

图书在版编目（CIP）数据

经典历险故事 / 墨人主编. -- 长春 : 吉林出版集团股份有限公司, 2012.6
（读好书系列）
ISBN 978-7-5463-9662-0

Ⅰ.①经… Ⅱ.①墨… Ⅲ.①儿童故事—作品集—世界 Ⅳ.①I18

中国版本图书馆CIP数据核字(2012)第118336号

经典历险故事
JINGDIAN LIXIAN GUSHI

主　　编　墨　人
出 版 人　吴　强
责任编辑　尤　蕾
助理编辑　杨　帆
开　　本　710mm×1000mm　　1/16
字　　数　100 千字
印　　张　8
版　　次　2012 年 6 月第 1 版
印　　次　2022 年 9 月第 3 次印刷

出　　版　吉林出版集团股份有限公司
发　　行　吉林音像出版社有限责任公司
地　　址　长春市南关区福祉大路5788号
电　　话　0431-81629667
印　　刷　河北炳烁印刷有限公司

ISBN 978-7-5463-9662-0　　　　　定价:28.00 元

前言
QIANYAN

在人的思维空间里,时常会有一些稀奇古怪的思绪像流星一样一闪即逝,善于捕捉它的人,会把它牢牢抓住,并细细咀嚼、品味,使这种突发的奇想或梳理成惊世之作,或打造成造福人类的顶尖科技,或拼凑成纵贯古今的传奇。后来,有识之士为这些断断续续的、梦幻般的、缥缈的游丝起了一个很好听的名字——灵感。

灵感是通往成功的一条捷径,是人的行为的动力,也是指导行为的罗盘。很多探险的行动、冒险的行为、历险的经历都与灵感有着直接的关系。从积极的意义上来说,灵感就是开启人类进步之门的钥匙,而历险则是人类前进时的向导,是人类进入理想社会的一个驿站。当然,人类所经历的险境并非都出自灵感的创意,有时险情会发生在不经意间,极具突发性,并没有原则和规律可循,只能靠自身的勇气、胆量、学识和智慧进行排解和做一些较为原始的抗争。因而,这些充满神秘色彩、伴随强烈的人体感官刺激和战胜险情的故事所带来的精神快慰,往往会使人乐此不疲。

少年儿童处在身体的成长期和心理的形成阶段,对一切未知的事物都有渴望认知的心态,甚至对梦中的事物也会产生好奇。为锻炼儿童的心理承受能力和经历危险的应变能力,满足他们成人成才的心理需求,为使他们日后敢于直面人生、挑战极限,我们将一些近乎超自然的现象和一场场惊心动魄的自救、救人、抢险、探险故事汇编成册,奉献给小读者,希望少年朋友能通过书中描述的故事和主人公遭遇的险情,养成处事不惊的心态、临危不惧的精神和舍生忘死的品格,使自己的人生更趋于完美。

编 者

目录
MULU

气球飘洋探险记

1978 年 8 月，三位美国探险家从美国缅因州的一个岛上乘坐一个大气球，要实现横飘大西洋的梦想。在他们之前的很多年里，许多人梦想乘气球飞越大海，但都失败了。

因为大气球没有发动机，只能随风飘荡，所以选择适宜的风向、风力起飞是很关键的。这只高约相当于 11 层楼，直径约 20 米的巨型气球用 58 块浸过人造橡胶的尼龙布制成，里面充满氦气，所以它的浮力很大。

当西风刮起时，三位探险者出发了，气球顺利向东飘去。最初的时候，气球平稳地保持在四五千米的高度。一切都很正常，看来老天真是很帮忙。不料，到了第三天，突然而来的大风瞬间把气球吹上 6 000 米的高空。这下三位探险家有点吃不消了，寒冷还可承受，可缺氧让人感到呼吸困难，好在他们都准备了氧气面罩。到了晚上，情况变得更糟，气球表面结了一层厚厚的冰，压得气球直往下坠。好在天气帮了忙，放晴的天空很快使冰融化，他们都松了一口气。眼看就飘过英伦三岛了，偏在这时风却似乎开起了玩笑，掉转方向推着他们竟往北飘去，看来又要功败垂成了。三个探险者不停地诅咒倒霉的天气，说来也怪，不久风向又转向了东。这一次，命运再也不会捉弄他们了，傍晚时分他们已坐在了法国一位牧场主人的餐桌边开怀畅饮了。

1

长江漂流历险记

　　1986 年 6 月 18 日，中国洛阳漂流探险队一行十五人开始长江漂流。漂流是一项充满刺激、充满危险的探险活动。此前，长江已引起几支国外漂流探险队的关注。

　　长江漂流最为凶险的是穿越有"魔鬼峡"之称的虎跳峡。虎跳峡滩险、谷深、流急，闻名天下，上、中、下三个虎跳谷落差竟达 210 米。首漂上虎跳，小艇都被水浪冲进漩涡，挣扎了一个半小时后，舱门又被急流撕破，江水涌入艇内，万分危险，幸好被冲到岸边，才不至颠覆江中。两

名漂流队员不畏艰险，拼死硬闯中虎跳，不幸都被急流冲入水中，一人不幸身亡，一人被困后获救。但与大自然搏斗到底的坚强信念支持着漂流队员，他们闯过下虎跳继续向下漂流。在整个漂流过程中有四名队员不幸身亡，幸存的勇士终于完成了他们的心愿，首次实现人类历史上全程漂流长江的壮举。

爱德华兹遇险

撒哈拉大沙漠是个千里无人烟、百里无水源的恐怖区域，但也是探险家向往的地方。

1979年，英国的一位炼钢工特德·爱德华兹雄心勃勃，决定横穿撒哈拉。他先到突尼斯学会了驾驭沙漠之舟——骆驼。一家广播公司送给他一部摄影机和一台录音机。

2月10日爱德华兹带着两匹骆驼从马里的阿拉万出发，进入沙漠。

第一天，他走了24公里，他计算着自己的行程：全程共有563公里，如果按这样的速度走下去，那太慢了。

第三天宿营后，突然爱德华兹脚背上一阵灼痛，沙漠毒蝎咬伤了他。涂了消毒药水后，肿块才消失。醒来后，天已大亮，他发现四个大水罐有一个漏了，漏掉

了备用的 11 公斤水。第五天晚上，一场暴雨袭来，闪电像蛇一样在他身边蹿腾。两匹骆驼被吓得狂奔乱跑，不见了踪影。食品、饮水都在骆驼身上，现在骆驼跑了，爱德华兹陷入进退两难的境地。

突然，他发现了一串骆驼蹄印，于是顺着蹄印找到了那匹骆驼。他取出地图和指南针一查，发现两匹骆驼一点儿也没有偏离方向。第七天，他看到了出发以来的第一棵红柳树，骆驼直奔过去大嚼汁液丰浓的树叶。第九天，他实在没力气迈步了，便爬上骆驼背。谁知骆驼又蹦又跳，把他抛了下来。这一下可摔得不轻，他觉得左侧的肢体钻心的疼，大概骆驼也不想给自己增加负担。第十天，爱德华兹完成了撒哈拉沙漠一半的路程，他兴奋地竖起大不列颠国旗。

第十一天，骆驼把仅剩的一只水罐踩扁了，水流进沙砾中。这可是赖以活命的水呀！第十三天，爱德华兹感到浑身无力。面对死亡，他沮丧地打开录音机，留下遗言。一对专吃死人的大乌鸦在三米外窥视他，他声嘶力竭地大喊："混蛋，滚开！我不会死！"

第十七天，爱德华兹发现了一串新的骆驼蹄印。他兴奋地顺着蹄印追去，一个多小时后，终于找到了三顶帐篷。帐篷的主人是游牧人，不仅提供了水，还热情地款待了他。之后他告别主人继续向前走，当走到一条大峡谷时，又迷失了方向。第十九天，牧人给的水又喝完了，他一直在峡谷中徘徊，找不到出峡谷的路。他实在支持不住了，便爬上一匹骆驼，由它自由地走吧！

第二十天，救命的骆驼似有神助一般走出了大峡谷。人们救下爱德华兹，他们用最古老的民族礼仪欢迎这位远道而来的已衰竭到了极点的贵宾。

爱德华兹成功了！当他回到英国时，竟没有一个朋友敢认他，因为他的体重整整减了 27 斤。

征服可可西里

在中国西南部有一个号称"世界屋脊"的地方，它就是著名的青藏高原，也被称为"世界第三极"。在那个自然环境特别恶劣的地方，有一座人类从未征服过的可可西里峰，直到 20 世纪 90 年代才被一批勇敢的科学家和考察者揭去神秘的面纱。

整个考察过程异常艰苦。风暴和严寒是考察队员遇到的第一个难题。虽然是初夏季节，但这里却风暴肆虐，地冻天寒。随着海拔不断升高，气温逐渐下降，帐篷里像冰窟般寒冷。队员们呼出的气竟能很快结成晶莹的雪花，隔着厚厚的手套，手还是会被冻得失去知觉。

当考察队到达一号营地的第二天，可怕的高山反应出现了。一些队员开始脱皮，嘴唇肿胀，由于高原缺氧，队员们感到心跳过速，胸闷气短，呼吸困难。有的人头疼恶心，有的人甚至引起脱发、掉牙。平日里的一点儿小病在这里却会诱发重症，甚至危及生命。

在布满积雪、冰河冻结的山谷里行走，队员们得小心翼翼，一不留神就会滑倒，甚至被锋利的冰芒戳伤。遇上冰雪融化而成的沼泽地，如稍有闪失陷进去了，后果不堪设想。陡峭的山腰，每前行一步都很困难，两侧的深谷更让人心惊肉跳。旅途的艰辛没有磨灭队员的意志，反而更加鼓起他们征服自然的决心。当他们终于站在可可西里的最高峰时，他们感到无比的兴奋和自豪，中国人又靠自己的勇气和智慧创造了奇迹。

鲸腹逃生

杰姆·巴尔特里是一名年轻的水手，他每天都随船在大西洋上游弋，不断寻找捕猎的目标。你猜他们寻找的目标是什么？原来是鲸鱼。那时候的人们还不懂得保护鲸鱼。

几天过去了，大海上一直风平浪静，杰姆和他的伙伴都在焦急地等待鲸鱼的出现。他们是一群勇敢的水手，企盼着能与鲸鱼搏斗来展示他们的捕鲸才华呢！

突然有人喊："鲸鱼来了！"听到这个消息，几个年轻的伙伴迅速抄起鱼叉和纤绳登上小船，飞快向鲸鱼逼近。几天的等待终于有了结果，当鲸鱼又浮出海面时，杰姆和伙伴奋力掷出手中的鱼叉，带着纤绳的鱼叉准确地扎中了鲸鱼的背部和腹部。巨鲸痛苦地翻转身躯，用它巨大的尾鳍狠狠地打在小船的舷上。刹那间，小船被抛向空中，杰姆和他的几个伙伴随之被抛向大海。可怕的海浪声和伙伴的惊呼还在耳边回响，杰姆就被卷进一个巨大的漩涡中，顺着中间的空洞，杰姆被吸进一个又软又滑的通道里。这样滑行了一会儿，周围宽敞起来，杰姆伸手摸着，可到处都软软乎乎的，因此使不上劲儿，怎么爬也爬不起来。接着他闻到一阵阵刺鼻的酸臭味，天啊，等到杰姆意识到自己落入鲸腹时，他已无力喊叫了。他想肯定死定了，很快便失去了知觉。

当杰姆再一次清醒过来时，他以为自己已不在人世。"我是在天堂吗？"他小声嘟哝。伙伴们都笑出声来，他们告诉杰姆，他还活着。他们杀死了那条鲸，在它蠕动着的胃里发现了还活着的杰姆。

蟒蛇洞历险记

在印度尼西亚一个偏僻的小山村中住着一户靠打猎为生的三口之家。丈夫加加里每天上山打猎,妻子佳娜在家操持家务,并照看儿子巴巴拉。

一天清早,加加里又到深山打猎去了。当他正在树林里转悠着寻找猎物时,只听见远处艳丽的花丛旁边有异常的声音,他循声悄悄走到花丛旁。一看,原来是一条一米左右的小蟒蛇被十几只大头食肉蚁咬住了尾巴,痛得直打滚。加加里知道这种蚂蚁的厉害,要是食肉蚁的大部队一到,不消几分钟工夫,便可把这条蛇啃得只剩一副骨架。加加里见小蟒蛇已奄奄一息,顿生怜悯之心,于是趁食肉蚁大部队未到,捡了根树枝把小蟒蛇挑到附近的溪沟中,食肉蚁怕水,不一会儿就都淹死了,小蟒蛇得救了,加加里也就自顾去打猎了。

一晃过了五年。一天清早,加加里仍像往常那样带好中午的干粮、带足火药上山去打猎。他在追赶一只野猪时,一不小心跌进了一个深洞里。

正当他一筹莫展之时,听到了一阵"咝咝"的声音。他睁大眼睛仔细一看,原来是一条足有三米长的大蟒蛇。加加里惊恐得手足无措,只

得闭上了眼睛,心里一个劲儿祈祷上苍保佑。

等他稍微睁眼一看,大蟒蛇已到了他面前,正翘着头盯着他瞧。"我的天,今天我必死无疑了。"加加里绝望地昏死过去。

等他醒来时,他简直不敢相信自己还活着。"难道那蛇没吃我,那它又上哪儿去了?"加加里不由地向四周摸索他的猎枪,突然,他的手触到一堆冰凉的东西,天哪,那蛇根本就没走,正盘成一堆在加加里身边美美地睡觉呢!

加加里整整一天一夜没吃没喝了,不觉又犯起愁来。刚想着,突然从洞口落下许多树叶,加加里正纳闷,又一阵"咝咝咝"声,那大蟒蛇正探头望着加加里,像是拿树叶给加加里御寒的。

不知不觉,加加里与蛇共穴已三天了。这三天来,那巨蟒总是早出晚归,从未伤害过加加里。

巨蟒似乎挺通人性,慢慢爬出洞。不一会儿,它衔着两只野兔回来,用尾巴轻轻地把野兔推给加加里。加加里大喜过望,撕碎生肉胡乱嚼下去充饥。

过了好一会儿,大蟒突然转过头,把尾巴伸向加加里,还不时地来回摆了好久。加加里心想,难道它让我拉住尾巴要送我出去?于是他大着胆子抱住巨蟒的尾巴。果然,巨蟒等他抱稳后,慢慢地沿洞壁向上爬

去。好几次巨蟒都差点滑下来,但它总是用肚子上的细鳞死死钩住洞壁。

就这样,巨蟒终于把加加里拉出了深洞。望着躺在地上累得精疲力竭的巨蟒,加加里感激得泪流满面。临走时,他跪在地上向巨蟒磕头以作感谢。当他起身要走时,忽然看到巨蟒尾巴上的几个疤痕,他突然想起五年前救过的那条小蟒。原来这巨蟒正是加加里五年前从食肉蚁嘴里救下的小蟒蛇。

在乌苏里的莽林中

1906 年 7 月 18 日，我们顺着小路一直走到锡霍特山麓。不久，路分成了两股，一股通往山里，另一股沿一条河的右岸通向别处。我们就在这里过夜，并决定派两个人去打猎，两个人留守宿营地。

夏季，只能在早晨天刚亮的时候和晚上天黑之前打猎，白天野兽潜伏在茂密的树丛里很难找到。因此，我们现在可以趁空休息一下，躺在草地上，不一会儿我们就睡着了。

我醒来睁眼一看，太阳不见了，天空层云密布，仿佛黄昏已经降临。这时正是午后 4 点钟，可以准备去打猎了。我叫醒了同伴们，他们穿好靴子，动手烧水。

喝过茶后，我和穆尔津带上各自的枪，朝不同方向分头出发。我牵着我的狗莱希同去，以防万一。

我很快就发现了野猪，开始跟踪，野猪不停地走着，一边走一边拱地，根据蹄印的数目推断，大概有 20 只。走到一个地方，我发现它们不再拱地，四散奔逃了，然后又聚在一起。我刚要加快脚步去追，突然不由自主地望了一下，因为我看见一摊水洼旁边的稀泥地上有老虎刚刚走过的脚印。我立刻想象出野猪在前面走，老虎在后面偷偷跟踪的情景。"要不要回去呢？"我心里

12

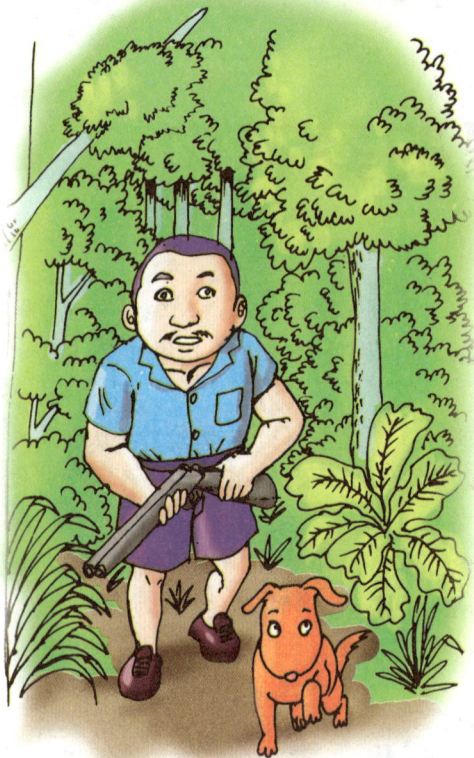

想道。但是,我立刻镇静下来,小心谨慎地继续朝前走去。

现在野猪开始朝山上跑,然后又下山进了旁边的一条山沟,接着又从山沟里顺着岭坡向山上跑去。但是它们还没有到达山顶就向旁边急转,然后又下到山沟里去了。我只顾一心一意地跟踪它们,完全忘记了观察周围的情况,忘记了把路记住,我的全部注意力都集中在野猪和老虎的脚印上面了。就这样,我大约走了一个小时。

从上面掉下来的几个小水滴使我停住了脚步:开始下雨了。起初只是毛毛细雨,不久便停了。大约十分钟以后,又下了一阵雨点儿,雨下下停停,停的时间越来越短,下得越来越大。终于,这场雨毫不含糊地下起来了。

"该回宿营地了。"我心里想着,便朝四处望着。但是林子挡着,什么也看不见。我就近登上一座小山,以便确认一下方向。

周围的天空,凡是我看到的地方全被乌云遮住了。只有最西面的地平线上露出一线晚霞,乌云正在向西移动。就是说,不能指望天晴了。现在看到的群山都是陌生的,往哪儿走呢?我认识到了自己的错误,我过分专心地跟踪野猪,而对周围的情况太不留意了。顺着脚印往回走是不可能的,不等我走完一半路程,黑夜就会来临。这时我才想起来,我这个不会吸烟的人身边没有火柴,我原打算黄昏之前回到宿营地,临行时没有拿火柴,这是我的

第二个错误。我朝空中放了两枪，但是没有得到答复信号。于是，我决定下山到河谷里去，顺水而行。也许，在天黑之前还能走上小路。我对此抱着一线希望，毫不迟疑地向下走去，莱希乖乖地跟在我身后。

在森林里，不论雨下得多么小，总是浑身都要湿透。每丛灌木、每棵树都把雨水收集在叶子上，大滴大滴地洒在行人身上，使其从头湿到脚，不久我就发觉，身上的衣服湿透了。

半小时后，林子开始黑了。坑洼还是石头、倒木，抑或平地，我都分辨不出来了。我跌跌撞撞地走着，雨下得更大了，雨点均匀而又密集，又走了约1千米，我停下来喘口气，狗浑身湿淋淋的，它用力把身子一抖，小声地尖叫起来。我摘下了牵狗的皮带，这正合它的心意，它又抖动了一下身子，撒腿朝前跑去，很快就不见了。这时我觉得孤独极了，就大声唤它回来，但是毫无结果。又站了约两分钟，我朝狗跑掉的方向走去。

白天在原始森林里走路，可以绕开倒木、灌木和草丛，可是在黑夜里你却总会钻进草木最密的地方，好像故意这样做似的。不知道哪儿来的树枝，总是钩住你的衣服。攀缘植物时而挂住你的帽子，时而伸到你的脸上，时而又会缠住你的腿。

下雨天，待在野兽极多的森林里而又不生火，是非常可怕的。孤立无援的感觉使我走起路来提心吊胆，仔细听着每一个响声，神经紧张到了极点。树枝落地的声音，一只老鼠跑过去的沙沙声，我听来都觉得震耳，急忙转身，如临大敌似的对着它们。有好几次不由自主地想朝着发出声响的地方开枪。

后来，周围一片漆黑，眼睛已经不起什么作用了，我浑身都湿透了，帽檐上流下来的雨水顺着脖子直往下淌。我在黑暗里摸索着，结果钻进了一片倒木之中，即使白天也未必能很快从里面走出来。可是我用手摸着横躺竖卧的倒木、翻起的树墩、石头和树枝，竟然闯出了这座迷宫。我累极了，坐下来歇一歇，但是马上觉得寒冷彻骨,上下牙磕碰着,咯咯作响,浑身发抖,像得了寒热病一样,疲倦的双腿要求马上休息,寒冷却迫使我继续前进。

爬到树上去!一个迷路的行人总会首先想出这个愚蠢的主意,我立刻赶跑了这个想法。事实上,树上比下边还要冷。在上边由于坐姿别扭,腿脚很容易发麻。那么钻到落叶堆里去吧!可是里面并不能避雨,在湿地上又很容易着凉。我咒骂自己,为什么不带火柴。我暗暗发誓,今后再离开宿营地,哪怕只有几米远,都要带上火柴。

我开始在倒木场里攀行,向坡下的一个地方走去。突然,从右侧传来了树枝折断的喀嚓声和急促的呼吸声。我想开枪,可是不巧,枪筒被藤蔓缠住了,我失声惊叫起来。就在这一刹那,我感觉到一只动物舔了一下我的脸……原来是莱希。

我心里交织着两种感情:狗吓了我一跳,我非常恼恨,但是它的出现又使我分外高兴。莱希在我身边转了一会儿,轻轻地叫了几声,然后又消失在黑暗里。

我步履异常艰难地向前移动着,每走一步,都要使出很大的力气,大约过了20分钟,我走到陡峭的岸边。

下面很深的地方有哗哗的流水声,我摸到一块大石头,把它推下岸去。石头往下落,隔了好一会儿才听到掉进水里的声音。我向右拐了个急弯,绕过这个危险的地方。这时,莱希又跑了回来。我不再吃惊了,一把抓住它的尾巴,它小心地衔住我的手,轻轻地叫着,像是求我别阻拦它。我放开了手,它跑出不远,又返回来,见我跟在它的后面,才放心地跑开了。我们就这样走了半小时左右。

忽然我滑倒了,膝盖重重地磕在石头上,我呻吟着坐起来,揉着摔痛的腿。不大一会儿,莱希又跑过来,蹲在我身旁。黑暗中我看不见它,只能感觉出它温暖的呼吸。等腿疼好了一些,我便站起来,朝着

不太黑的地方走去，还没走出十步，又滑倒了，这样接二连三地摔了好多次，我干脆用手摸着地朝前爬，一声喜悦的喊叫从我胸中迸发出来：我竟摸到了小路。尽管身子疲乏、腿痛，我还是继续前进。

"这一下可不会迷路了。"我心里想，"这条小路总会把我引到一个地方去的。"

我决定顺着小路走到天亮。可是走起来却不那么容易，我的眼前一片漆黑，看不见路，只能用脚试探着走，因此我的速度极其缓慢。找不到路时，我就坐下来，用手去摸，小路拐弯时，特别不容易摸到，有时只好停下，等莱希回来领路，狗总是给我指出正确的方向。一个半小时之后，我走到一条小河边，河水在石头中间哗哗地流着，我把手伸进水里，以便了解方向，小河是向右边流的。

我涉过山间的急流，立刻走上了小路，如果没有莱希，我无论如何也找不到这条路。莱希总是蹲在路当中，等候着我。当它发觉我走近它时，便在原地打几个转，又朝前跑去。天黑得什么都看不见，只能听到水流声和林中的风雨声。接着出现了一条岔道，问题来了，往哪儿走呢？往右还是往左？我考虑了一下，决定等莱希回来再说，可是它很久没有回来，于是我动身朝右边走去。大约五分钟后，莱希出现了，它迎面朝我跑来，我弯下腰去迎接它，它一抖动身子，溅了我一身水。我没有骂它，而是抚摩了它一下，就跟着它继续朝前走去。

现在不那么困难了，小路比较直，倒木也不那么多，途中我又涉水渡过了一条小河。过河时，脚下一滑，摔倒在水里，不过没有关系，因为自己早就全身湿透了。

终于，我一点儿力气也没有了，只好坐在树墩上，手上和脚上被扎伤和碰伤的地方很痛，脑袋也很沉重，眼睛困得睁不开，我打起盹儿来了。朦胧中，我好像看见远处的树木之间有火光闪动，我勉强睁开眼睛，仍然是一片漆黑，寒冷和湿气直往骨缝里钻。我担心着凉，跳起身来在原地踩脚。这时，我又看见了树木之间的亮光，我心里想，这只是幻觉。可是火光又出现了，我的睡意一下子全消失了，我离开小路，径直朝火

光走去。夜间看见火光时，我很难断定它的远近和高低。

一刻钟以后，我走近火光，可以清清楚楚地看到火堆周围的一切了。首先我看出，这不是我们的营地，使我感到奇怪的是，火堆旁边没有人。夜间，又下着雨，人们是不会离开营地的，显然他们藏到树后面去了。我害怕起来，去不去火堆那里呢？如果是猎人倒还好，万一是土匪的营盘呢？突然莱希从我身后的树丛里跳了出来，它大胆地跑到篝火旁边，停下来东张西望，似乎狗也因为没有找到人而感到惊奇，它围着篝火转了一圈，嗅着地面，摇晃着尾巴，这说明在那里待过的是自己人，否则狗就会表现出愤怒和不安。这时我决定到篝火那里去，不料，躲藏起来的人先露面了，原来是穆尔津。他也迷路了，便决定生起篝火，等待天亮。他听到林中有人走动，因为不知道是什么人，便藏到了树后面。使他最为不安的是我走近时那种小心谨慎的举动，特别是没有直接走向火堆，而在远处停了下来。

我们立即烘烤衣服，湿透的衣服冒出一团团蒸气，篝火上的烟忽而向左，忽而向右，这是雨快要停止的可靠预兆。果然，半小时后，就变成毛毛细雨了，树上的雨水还继续大滴大滴地落着。

篝火所在的大云杉树下比别的地方稍微干一些，我们脱下内衣，在火上烤着。后来，我们砍了不少冷杉，然后靠在树上，沉沉地睡了起来。

早晨，我觉得有些冷，醒来一看，篝火熄灭了，天灰蒙蒙的，山里有些地方弥漫着雾气。我叫醒穆尔津，动身去寻找我们的营地。我们俩过夜的那条小路是通向别的地方的，只好离开它。过了小河之后，我们又找到一条小路，顺着它，我们回到了自己的营地。

还有一次历险，那是九月份，我们从锡霍特山下来，进入西岔河谷，我们

在一个名叫常林的人的碓子房里住了一宿。常林在这里两年就捕到八十六只貂。

第二天晌午，我们到达大克马河，沿河谷右侧，顺着河流往下走，路上我们看到了一只熊和几只马鹿。我们欣赏了一下美丽的山景，便沿着大克马河右岸往下走，在快要到小东南岔河河口的地方选定宿营地。

天气从早晨就阴沉沉的，傍晚下起了大雨。从一开始就看得出来，这雨一天半天停不了。我们把帐篷搭得结结实实的，又弄了不少干柴火，所以一夜平安无事。到了早晨，雨下得更急了，我们只好在原地休息。我的旅伴们为了消磨时间在一起聊天，也有睡觉的、烧茶的，我又干起了自己每天要干的工作。上午11点，打了一阵雷，没看见闪电，只听得雷声在云里轰隆隆地响，乌云滚滚，风向也变化无常。这雨足足下了一天一夜，长得惊人。9月17日黎明，乌云散了，接着又是严寒。山巅上一片皑皑的白雪，群山仿佛都穿上了节日的盛装，大地被太阳照暖，开始解冻了。刚刚沉静下来的溪水又苏醒了，一小股一小股地顺着斜坡往下流，越到低处，流得越快。这种景象使大家振奋起来，我们不约而同地迅速收拾好背囊，劲头十足地往前走，晌午到了奥戈特霍河（阿加托）附近。这条河从左侧注入大克马河，顺着这条河走，翻过山就是柴河（库松河的支流）。尽管我们拼命往前走，这一天也只走到天青沟子河口。我们顺着一条小道走到一座盖在森林中的小房子跟前，这座小房子离大克马河只有一千米。我们在这里住了一夜，第二天又继续赶路，顺着大克马河谷往下游走。

雷雨过后，一连几天都是晴天，所以我们走得相当迅速。

我发现每当小道靠近河道时，我的旅伴们就有些担心，不知在议论些什么。不一会儿我就全明白了：由于刚刚下过大雨，大克马河涨水了，超出平时的水位，这样，我们就过不去了。现在只剩下两条路：一条是继续顺着右岸往前走，走到小

翁锦,翻过山,走伊利莫河谷;还有一条是在大翁锦上找一个地方渡过大克马河。从伊利莫河谷走,路又长又要绕弯子。我们大家商量了一下,决定做个筏子渡河试试,如果不成功,再奔伊利莫河上游,顺着伊利莫河走到大克马河口。

说起乘筏渡河,必须找到深槽,因为那里河水又深又急。不一会儿,在最后一道石滩的上方找到了这样的地方。在这里,河水贴着对岸流过,从这里伸出一条长沙洲,如今已经被水淹没。我们放倒了三棵大冷杉,砍去枝丫,一截两段,绑成一个结结实实的木筏。这件工作我们一直干到天黑,所以渡河的任务只好留到明天早晨了。

晚上,我们又商量了半天,决定木筏一靠近对岸,阿里宁和张保首先跳下去,我往岸上扔东西,常林和德尔苏撑住木筏。扔完东西我就跳上岸,随后是德尔苏,最后离开木筏的是常林。

第二天我们就按照这种办法过河。背囊全都堆在木筏中间,枪放在背囊上面,人站在两头。我们用竿子一撑,使木筏离开岸,水流马上就把木筏冲了下去。尽管我们使出所有力气,木筏还是被水冲得离我们预定的上岸地方较远。木筏刚一靠近对岸,张保和阿里宁每人拿着两支枪,跳到岸上,经他们这一蹬,木筏又向河心漂过去一些。趁着木筏离开岸不远顺水向下漂之机,我急忙往岸上扔东西。德尔苏和常林竭尽全力支撑着,使木筏尽量靠近河岸,好让我能够跳到岸上。在我刚准备要跳的时候,常林手里的竿子突然断了,他一头栽进水里,于是我抓起备用的篙竿急忙帮助德尔苏撑住筏子。往前不远的地方,有一块伸进河里的石头。德尔苏朝我喊,叫我赶快跳下去,可是我不明白他的用意,还继续用竿子撑住木筏。还没等我弄明白是怎么回事,

他已经用双手把我抱起来，一下子扔进了水里。我用力抓住灌木枝，爬到岸上。就在这一瞬间，木筏撞到石头上，打了个转儿，又向河心漂去，木筏上只剩下德尔苏一个人了。

我们几个人顺着河岸飞跑，想把篙竿递给德尔苏，但是河水在这里拐了个大弯，我们赶不上木筏。德尔苏用尽平生的力气，想让木筏重新靠岸，但是他的力气跟河流的力量相比，又算得了什么呢！前面大约30米远，就是石滩，现在看来，德尔苏已经驾驭不住木筏，河水一定会把木筏冲到瀑布跟前，离瀑布不远，有一棵杨树淹没在水里，只剩下一根树枝露出水面。木筏越靠近瀑布，就漂得越快，看样子，德尔苏是注定要淹死了。我顺着河岸，一边跑一边喊，我透过茂密的树木看到他已经扔掉竿子，站到木筏边上，就在木筏从杨树旁边漂过的一瞬间，他像猫一样纵身跳到树枝上，用双手紧紧抱住了它。

不一会儿，木筏被冲到石滩上，只见那木筏从水里往外蹿了两蹿，就全散了。我情不自禁地发出欢呼声，但是这时出现了新的难题：想什么办法把德尔苏从树上救下来？不然的话，他能支持多久呢？那根树枝斜着伸出来，跟水面成30度角。德尔苏用手抱着、脚盘着，紧紧贴在树枝上。糟糕的是我们身边连一根绳子也没有，原来带的绳子都绑在了木筏上。怎么办？时间紧迫，刻不容缓。德尔苏的手如果冻僵了，抱不住树枝，那就……我们几个正商量办法。这时，常林发现德尔苏正向我们打手势，河水哗哗响，根本听不清他喊些什么。后来到底明白了他的意思：他叫我们放倒一棵大树。在正对着德尔苏趴着的地方放树十分危险，因为树向河里一倒，很可能把他从那棵树枝上刮下来，这就是说要放树还应该再往上走几步。我们看中一棵大树，就动手砍起来，这时又看见德尔苏一个劲摆手，我们又另挑一棵树，德尔苏还是摆手，最后我们在一棵大云杉树跟前站住，德尔苏做了一个同意的手势。现在我们才明白他的意思，云杉没有大树杈，倒在水里不容易挂住，可以顺水漂走。这时，我发现德尔苏用手指着皮带，张保明白他的手势。德尔

苏告诉我们,要用皮带把云杉拴住。我急忙打开背囊,把凡是用得上和能够代替绳子的东西都收集起来。这里有枪上的皮带、皮腰带和皮鞋带,在德尔苏的背囊里,还找到一条备用的皮带,我们大家把这些皮带连接起来,把一头拴在大树的树干上。

绑好之后,我们一齐拿起斧子,动手砍树。砍了不一会儿,云杉摇晃了,又加一把劲,云杉向河里倒去。这时,张保和常林抓起皮带的另一头,拴在树桩子上,水流浮起云杉向石滩方向冲去,云杉从河心到河岸画出一条弧线,就在树头经过德尔苏旁边时,他用双手一下子抱住了它,随后我递给他一根棍子,没费多大劲就把他拖上岸来了。

我的第一件事就是向德尔苏表示感谢,多亏他及时把我从木筏上推下来。德尔苏很不好意思,他说当时也只好这么办,如果他先跳下来,让我留在木筏上,那么我非淹死不可。可是现在呢,大家又都在一起了。他的话是对的,不过为了使我安全脱险,他自己毕竟是冒着生命危险的。

人是最容易忘记危险的,危险刚刚过去,大家又有说有笑了。常林哈哈地笑着,扮着鬼脸,模仿德尔苏趴在树枝上的样子。张保说德尔苏能这么紧地抓住树枝,心里琢磨他跟熊瞎子是不是一家子。德尔苏也笑常林一头栽进河里的狼狈相,又笑我自己也不知道怎么爬上岸的,等等。说笑完了,我们开始收拾扔得凌乱的东西,这件工作结束时,太阳已经落到树林后面去了。晚上,我们围着火堆又坐了很久,张保和常林都讲自己过去怎么受淹、怎么脱险的故事。宿营地上说话的声音逐渐沉寂下去,大家又默默地抽了一会儿烟,然后就收拾睡觉了,我又开始

写我的日记。

　　周围一片黑暗，河水仿佛是无底深渊，水面上反照出点点星光，星星在天空中一动不动，而在水面上却随波荡漾，抖动了一阵子，然后又在原地出现了。我感到特别欣慰的是，没有人发生任何意外。我就怀着这种喜悦的心情入睡了。

征服达尔维大冰瀑

英国有两个喜欢冒险的好朋友，一个叫巴尔，另一个叫汉斯。他们听说攀登冰瀑风险很高，便来了劲头。他俩准备了一些攀登冰瀑的必需品，就向世界上最难攀登的达尔维大冰瀑进发了。

巴尔和汉斯找到了大冰瀑。他们在相距不远的地方各自开始往上爬，雄心勃勃地要争个高低。

汉斯爬的那面冰瀑上有不少冰洞，就像天然的阶梯一样，用破冰斧向上面的冰洞一勾，人很快就攀上去了。但巴尔攀登的那面却是很厚的冰层，每前进一步都必须用螺旋钢钎打进冰层，攀登十分艰难。当他爬到冰瀑中部，正想休息一下时，突然听到上面"咔嚓"一声，接着是一阵乱响，他抬头一看，在他上面的汉斯跌在一块倾斜的冰面上，像坐滑梯一样飞快地滑了出去，一下子垂直下落了 30 多米，在巴尔的视野里消失了。

巴尔急得大叫起来，可是冰瀑下没有人回答。他开始向下爬，准备去救汉斯。从冰瀑下面爬下去，比往上攀登更加危险。正在这时，下面传来汉斯的叫嚷声："巴尔，别爬下来，太危险了！我没事，只是脸上划破了点儿皮……"

巴尔又往上开始攀登。爬了一会

儿，他发现上方的冰瀑很薄，冰瀑下的水流很急、很大，从这儿上去，危险太大。但巴尔觉得这是个更好的冒险机会，他准备接受这个挑战。

他举起破冰斧，找准一个位置，轻轻一敲，破冰斧就戳进只有约1厘米厚的薄冰里。里面的流水正不停地冲击着长满青苔的岩石，巴尔甚至闻到了青苔散发出的那种淡淡的甜味。他用力拉了拉破冰斧，觉得薄冰还算坚硬，就开始继续往上爬。登山鞋上的钢刺每戳一次，都发出一阵薄冰要破碎似的咔嚓声。

他又一次举起破冰斧，向上一击，戳开薄冰，然后缓缓地抬起右脚，让鞋的前部伸进冰洞，再把身体的重心向上移动。他一步一步，贴着薄冰向上攀登。不久，巴尔发现上面的冰层由半透明变成乳白色，冰层越来越厚，胜利就在眼前。

突然，"咔嚓"一声螺旋钢钎四周的冰裂开了，"哗啦啦"，拳头大小的冰块纷纷散落下来，那声音就像打碎了一件大瓷器一样。他的一只脚突然落空，身子失去平衡，登山鞋的钢刺在脚下的冰里挤得吱吱响。他急忙抓住身边一根突出的冰锥，好不容易才稳住了身子。

巴尔再也不敢放松警惕了。他慢慢地、小心地转动着螺旋钢钎，在坚冰上钻出一个又一个洞，一步步向上攀登。

当他到达冰瀑顶点时，夜幕降临了。他靠在冰冷的石头上，注视着汉斯头盔上的灯在冰瀑上摇晃闪烁。

没过多久，他俩站在山顶互相紧握双手，他们都觉得这次冒险真如梦幻一般美妙。

23

十五岁的船长

狄克·桑特今年15岁，是"流浪者"号船上的见习水手。他是一个弃儿，名字是收养人给起的。他8岁开始在海上生活，船长胡尔发现了他的天赋，把他介绍给船主威尔顿，威尔顿送狄克上学读书，那时狄克就对与航海有关的地理课程极感兴趣。

1873年，"流浪者"号捕鲸没有收获，季节却已过去，因此准备返回旧金山去。船主威尔顿因商务活动先回了旧金山，当时船上的主要人员有船主威尔顿的夫人和她的儿子雅克，还有威尔顿夫人的表兄贝奈，他是一个昆虫学家，也是一个"书虫"。船主威尔顿因为培养了狄克，因此狄克与威尔顿夫人、孩子雅克等都很亲密。船长胡尔对威尔顿一家都很忠诚，他把自己的舱房腾出来给威尔顿夫人使用。

胡尔船长对船员大都很熟悉和了解，唯有对厨师尼古鲁一无所知，他是在匆忙中从奥克兰临时被雇用的，胡尔船长对他的过去全然不知。

"流浪者"号在航行中碰到了一只被撞坏的货船，胡尔船长组织了救援，他们从货船上救下了五个黑人和一只活蹦乱跳的狗。五个黑人中有一对是父子，他们是老汤姆和巴德。另外三个黑人是奥斯丁、阿克代洪、埃尔居尔。那条狗名叫丁戈，脖子上戴着一个铜项圈，上面刻着"S""V"两个字母。后来，狄克在用字母卡片教雅克识字的时候，丁戈一见到"S""V"两张卡片便专门叼到贝奈面前，并且极力在这个"书虫"身上蹭着，"书虫"却对丁

戈的举动视而不见。其实，丁戈作为一条狗，比贝奈的识物能力还要强。丁戈的主人是法国著名的旅行家，名叫萨缪尔·维尔农，"S"和"V"正是他姓名开头的两个字母。1871年，巴黎地理学会组织了一次会议，贝奈和萨缪尔·维尔农都是到会者，会上倡议从西海岸到东海岸做一次考察旅行。萨缪尔·维尔农是倡议者，也是实行者，可是这位旅行家后来却失踪了。丁戈在一次会间休息时见过贝奈，因此丁戈一上船便对贝奈这个"书虫"极为亲近。

与此相反的是，丁戈对厨师尼古鲁特别仇恨。有一次，要不是众人赶开丁戈，尼古鲁便被丁戈撕破了衣服。此后，尼古鲁尽量避开丁戈。狄克觉得这里面一定大有文章。

船航行了19天，他们碰到了一条鲸鱼，这条鲸鱼可以采下100桶鲸油，是一笔可观的财富。船长胡尔带着五个水手冒险乘小艇捕鲸，但是他们没像以往那样获得成功，而是葬身海底了。

15岁的狄克在失去了船长和水手之后，走上了船长的岗位，而他的新水手便是那五个黑人。他开始掌舵并要教会汤姆掌舵，以便以后有个人能替换他，他还要教会另外四个黑人调整风帆的工作。

尼古鲁开始发难了："这条船现在谁是船长？"威尔顿夫人回答了这个挑战性的发问："狄克现在是船长！"几个黑人都感激狄克和威尔顿夫人的救命之恩，他们也随声附和："我们都听狄克船长的安排。"那个名叫埃尔居尔的黑人瞪着尼古鲁说："尼古鲁，你要敢对抗船长，我就扭断你的脖子。"

狄克按照威尔顿夫人的意图，调整了航行的方位，他们决定在离美洲最近的港口上岸。在这条路上还可能碰到商船，路程也短些，可以早点儿脱离危险。

尼古鲁也开始筹划，他看到五个黑人中有四个人都年轻力壮，可以在黑奴交易市场上卖个好价钱,把黑人卖掉以后,他可以把船主夫人和孩子留作人质,再向威尔顿敲诈一笔钱。而计划的第一步是调整船的方向,以便将船开到非洲去。

船上有两只罗盘,但是不知什么原因,船长室的那只罗盘竟在狄克掌舵时摔碎了。罗盘的铜护圈怎么松开的呢?狄克大为不解,他虽然怀疑尼古鲁,可是没有证据指责,只好吩咐大家保护好驾驶室的罗盘。

一天晚上,狄克很疲倦,让汤姆当班。在凌晨三点钟的时候,汤姆觉得一阵异味扑鼻,然后便进入了一种昏昏欲睡的状态。这时候尼古鲁溜进了驾驶室,把一块沉重的东西塞在了罗盘下面,那是一块可以改变指针方向的磁铁,它使指针偏差了45度。

没过多久汤姆就醒来了,他发现航向有偏差,便把舵转了45度。这时候船由向东改为向东南行驶了。15岁的狄克还不懂天文,也没有完全掌握航海的知识,所以船便按着尼古鲁所想的航向驶向了非洲。

罗盘偏离后一周,没有出现任何事故,每天以296千米的速度行驶着,按狄克计算,他们该碰上英美的船只了,但海面上一无所有。船走了20多天,狄克放下测程器想测一下水速,好计算航程,但测程器一放下去绳子就断了。

他们在航行中遇到了一次特大风暴,狄克用绳子把自己绑在舵位上,以防止被风浪冲走,所有的舱口都盖严实,以防海水进入。

这一晚威尔顿夫人怕狄克累垮了,坚持让汤姆和巴德父子来舵房值班。尼古鲁不失时机地来了一次舵房,可能是船摇了一下,尼古鲁一下子栽到了罗盘上,虽然没碰坏罗盘,但他却把罗盘下的磁铁在这一瞬间拿走了。正好狄克来到了舵房,他看着罗盘虽然没发现什么问题,但是他本能地觉得尼古鲁做了坏事,于是他瞪大眼睛告诉尼古鲁:"从现在起,严禁你到甲板上来!""有必要这么规定吗?"尼古鲁显出一副不在乎的样子。狄克掏出一支手枪对准尼古鲁:"你敢反抗的话,我现在就打碎你的脑袋!"这时,埃尔居尔也凑了过来,他把手往尼古鲁肩上一

按："要不要现在让他去喂鱼？"狄克回答："现在还不到时候。"

风向突然变了，原来冲击着船尾，现在却打着左舷，狄克不得不把船头调了45度。他对尼古鲁来舵房更加怀疑，但又没有证据，只好暗中派人对尼古鲁进行监视，又派丁戈守在甲板上。

又走了几天，船平均每天以333千米的速度前进，竟还没有到达美洲大陆。他们碰到了一个孤岛，狄克翻开海图一查，判断可能是复活节岛，离美洲大陆还有2 700千米。

风缓和后，每天可走270千米。走了几天，陆地出现了，可面对的不是什么港口，船只能通过礁石丛生的浅水区靠岸。尽管如此，大家还是都拥上了甲板，庆幸艰苦的海上生活即将结束。狄克为防止靠岸时发生意外，便给威尔顿夫人等穿上救生衣，准备叫几个黑人游泳高手护送她上岸。正在这时，一阵海浪袭来，轰隆一声，船搁浅在礁石上。这里离陆地不到100米，他们便踏着礁石上岸了。

这天晚上，他们在小雅克发现的一个山洞里宿营，可是尼古鲁却一夜没有回来，大家觉得这是一个不好的兆头。

第二天一大早，来了一个皮肤黝黑，身穿皮衣，脚蹬皮靴的40岁左右的男人，他自称是美国人，名叫哈里斯，他说这儿是南美玻利维亚南端，还说他家住智利，现在到他哥哥庄园里去办一点儿事。他建议，由他把威尔顿夫人一行人带到他哥哥的庄园去，再由他哥哥用马车送威尔顿夫人一行人到楚基卡马城，然后再回旧金山去。

狄克对这个陌生人的建议有点犹豫，因为从这里到他哥哥的庄园有300多千米，还要走一段沙漠，但是狄克在这见不到人的地方，也没想到别的好办法。陌生人表示，他把自己的马给威尔顿夫人和孩子骑，威尔顿夫人对这个美国老乡好像很有信心，于是这一行人便按照哈里斯的指点出发了。

一路上，贝奈见到的是猴面包树、罗望果树，还有大蟒、长颈鹿。一天晚上，贝奈以为被蛇咬了，

抓住一看，才辨识出是一只长舌蝇，这只有非洲才有啊！贝奈觉得真是奇怪。雅克在长途跋涉之后得了寒热病，按说这里应该有治这种病的金鸡纳树，可是一路都找不到这种树。但是，他们见到了大象的足迹，还有河马，一切的动植物都表明，这儿是非洲。更可怕的是，曾经当过奴隶的老汤姆见到了贩卖奴隶的遗迹，那是几把折断的木叉、一段锁链、几只黑色的断手。

这天晚上，狄克明白了自己的处境，他拔出手枪朝哈里斯睡觉的地方冲去，可哈里斯不在，他的马也不在了。

这时候，他们所处的地方就在贩卖黑奴的中心集市卡松台附近。哈里斯正在与尼古鲁接头。哈里斯是尼古鲁过去贩卖黑奴的伙伴，他们在狄克一行人上岸的当晚便碰面了，于是安排了引诱狄克一行人到卡松台来的计划，他们要先把五个黑人卖掉，再处理狄克、威尔顿夫人他们。

"你是运'黑货'时被抓的？"哈里斯问尼古鲁。"是啊，运'黑货'时叫葡萄牙人逮住了，判了个无期徒刑，我在港口当苦役时躲到一艘英国货船上逃到奥克兰，就上了这条船。为了把五个黑人作为我重操旧业的第一堆货，我就把船引到安哥拉来了。""现在我们得赶快通知沙漠商队，把他们截捕到卡松台。""对！"两个人贩子商量得正带劲儿，丁戈来了，它向尼古鲁扑去的时候，尼古鲁抓过哈里斯手中的枪，丁戈在枪声中叫了一声，逃走了。

狄克发现哈里斯逃走以后，便思忖着找一条入海的河，扎木筏漂流到海上去再说。天亮以后，威尔顿夫人同意了他的计划。

为了不让贝奈一路上耽误时间，狄克藏起了他的眼镜和放大镜，他只好跟着队伍不停地走着。

他们走了不远，老汤姆叫道："丁戈呢？"大家都觉得少了什么，但是脱险要紧，大家想丁戈会追上来的。

他们在一条溪边又看到了贩卖黑奴的遗迹——人的白骨、木叉和铁链。

下午，贝奈在经过一片沼泽地的时候，陷进了烂泥里，大家把他拉出来时，泥坑里直冒气泡，还散发出一股霉气味。不久暴风雨又来了，他们躲进了一个三米多高的白蚁窝。这种白蚁窝只有"斗争白蚁"和"吞食白蚁"才能筑起来，而这两种白蚁都是吃人的，贝奈说这两种白蚁只有非洲才有。

当埃尔居尔用砍刀把白蚁洞口挖大的时候，里面一只白蚁也没有，而白蚁只能是危险来临的时候才会离开。果然，他们躲进白蚁窝以后，暴风雨越来越大，可能是附近一条河决了口，水从白蚁洞口冲进洞里来，不一会儿，就涨到了一米左右。埃尔居尔又想法把洞顶挖开，大家才逃出来。而狄克刚一出洞口，便有一支箭向他射来。

狄克不知道，他们在躲进白蚁窝之前，已经被专门押运黑奴的沙漠商队盯梢了。100多人的沙漠商队包围了他们，他们被带到一条河边，用长艇运过河去。埃尔居尔在长艇刚一靠岸时，便跨上了岸，他抢来一支枪，用枪托把押他的两个士兵的脑袋打开了花，然后就从追击他的子弹缝隙里逃走了。

埃尔居尔个儿大、力气大、跑得快，他终于逃出了沙漠商队的押运队。

沙漠商队显然是得到了尼古鲁的授意，他们把威尔顿夫人、雅克和贝奈单独押走了。狄克和剩下的四个黑人在一起被押着走。

老汤姆过去当过奴隶，现在他的颈部又套上了木叉，木叉的一边锁着一根铁链，另一头与别人连在一起。这样，黑人便被锁着脖子，一个跟着一个地往前走。

狄克是白人，没被锁着，他被一个小队长监视着。他心里惦记着威尔顿夫人一行人的安全，又看到老汤姆他们被锁着脖子，非常难受。有一次，他差点儿把那个小队长的枪夺过来，但立时有七八个兵扑向了他，要不是有个人出来调解，狄克就被撕碎了。

狄克和几百个奴隶的队伍走了 20 多天,沿路都有饿死、累死、拖死倒在路边的黑人,四个黑人伙伴总算都挺了过来。这天晚上,狄克和几百个黑人躺在草地上露宿,突然有一个毛茸茸的东西从草中跳到了他的身上,他刚要大叫,但立即发现这是丁戈。丁戈用脖子蹭着狄克,原来它的项圈里有一封信,狄克把信拿出来,丁戈就消失了。第二天早晨,他看了信,信是埃尔居尔写来的,他说他碰上了受伤的丁戈,丁戈的伤现在已经好了。他逃出后一直跟踪着沙漠商队,随时准备营救他们。他还说威尔顿夫人一行人是被轿兜抬着走的,后面跟着哈里斯和尼古鲁,离狄克他们有四站路。

经过 38 天的艰难跋涉,狄克一行人才到达安哥拉最大的黑奴交易市场——卡松台。

黑人们像牲口一样被关进了木栅栏,只有狄克留在广场上,被那个小队长看押着。

卡松台的地头蛇叫莫阿尼,人贩子头目叫阿尔菲兹。

阿尔菲兹先来到广场上,不多久,便有人把汤姆他们四个黑人伙伴带了过来。狄克乘机靠近老汤姆,把威尔顿夫人等一行人的消息告诉了他,并说埃尔居尔会竭尽全力来救他们的。

哈里斯也过来了,狄克假意去问威尔顿夫人的下落,凑近去夺下了哈里斯身上的一把刀,捅进了哈里斯的心脏。这时候几个士兵冲上前来,夺下了狄克手中的刀,并要把狄克当场杀死。尼古鲁走上前去,对阿尔菲兹献计,要把狄克先关进死牢,再用一种酷刑处死。

下午,汤姆一行四个黑人被一家买主买走了,他们被关进了一个木栅栏,与狄克失去了联系。

在集市交易黑奴达到高潮的时候，卡松台的地头蛇莫阿尼来了。莫阿尼是当地的头号人物，连阿尔菲兹也不敢得罪他。莫阿尼虽然只有50岁，但他是个酒鬼，因为烈酒的浸染，他苍老得像80岁。莫阿尼来了以后，阿尔菲兹便把尼古鲁介绍给了莫阿尼。莫阿尼嚷着说："来点饮料吧！"尼古鲁马上凑上去说："莫阿尼，今天请你喝一杯白人的血吧！""杀一个白人？""是的，他叫狄克，阿尔菲兹要处死他，我们想让您看着行刑。""算了吧，把这个白人送给我在伊拉克的一个朋友，让他把肉一条一条地拉下来活吃！"尼古鲁心里不高兴，因为他想亲眼看到狄克受酷刑而死，所以又去劝说莫阿尼，莫阿尼转向阿尔菲兹说："随你们处置吧！不过我有一个要求，这就是那个白人流多少血，你就得拿多少酒来。"阿尔菲兹说："好！好！我今天请你喝一种混合酒。"莫阿尼迫不及待地说："那就先喝酒吧，喝了再杀白人，白人流多少血，你再送我多少酒。""好！"阿尔菲兹和尼古鲁都高兴极了。

晚上，按照尼古鲁的安排，广场中心放着一个铜盆，里面放着度数很高的白酒，并且放了肉桂、辣椒等作料在酒里，地头蛇莫阿尼迫不及待地冲向铜盆，阿尔菲兹给了他一根引火绳，莫阿尼很快点燃了白酒，白酒燃烧起蓝色的火苗，人们在蓝色的火焰下手舞足蹈，如同炼狱里魔鬼的舞会。

莫阿尼兴奋地用铜勺从盆里舀起一勺带火苗的酒来，哪知他刚送到嘴边，他那被酒精浸透了的身体马上如煤油瓶一般被点着了。一个酒鬼侍从官员去扑灭莫阿尼身上的火，自己又被点着了，人们惊慌地四处逃开，

莫阿尼和那个官员都被烧成了灰。阿尔菲兹害怕了,因为他怕卡松台的人找他算账。尼古鲁出了个好主意,他说这是天神召唤代理人的独特形式,当地人都信了。

莫阿尼的老婆是一个泼妇,她也信了自己的丈夫被召去做了天神,但是她要求用 100 多个人来陪葬。其中 50 名男奴、50 名女奴,再加上狄克和一些平时与她丈夫有染的、令她醋性大发的女人。

陪葬的人都要事先被捆绑在暂时改道的河床里,莫阿尼的坟墓就建在河床下,最后在上游堵截水流的堤上挖一个缺口,让河水渐渐流入故道,把陪葬的人慢慢淹死。

尼古鲁在狄克要陪葬之前,来到了狄克面前,他要叫狄克死个明白。他告诉狄克,自己如何摔碎了一个罗盘,又如何使另一个罗盘失灵,终于把他们引到了非洲,使他们成了奴隶和囚徒。他看到狄克听到这些,一点儿也不惊讶,便气急败坏地吼道:"汤姆他们已被卖掉了,没人来救你了!""还有埃尔居尔。""他早被野兽吃掉了。""还有丁戈,它总会找到你,把你咬死的!"尼古鲁气得想掐死他,但一想让水一寸一寸地升起来淹死狄克更令他开心,便转身走了。

晚上,陪葬的狄克遍体鳞伤地被绑在一根红柱子上,特别引人注目。尼古鲁亲眼看到,放过来的河水升到了狄克的膝盖,又升到了狄克的胸脯,他想听到狄克的惨叫,但他没听到,那些惨叫声都是别的陪葬者发出的。狄克脸色平静,连嘴皮也没动一下,尼古鲁不满足地叹了一口气,走开了。

狄克在水快淹到脖子的时候,一下子从水面消失了。

尼古鲁在消灭了他的仇人狄克以后,来到了被软禁的威尔顿夫人身边。小雅克和贝奈与威尔顿夫人关在一起。尼古鲁先冷酷地通报情况:黑人被卖掉了,价钱还可以;狄克因为用刀子捅死了哈里斯,已经被处死了。"现在,我作为一个商人,要把你们几个最值钱的人卖掉。"尼古鲁皮笑肉不笑地对威尔顿夫人说。威尔顿夫人不知道尼古鲁又起了什么歹心,问

道："我们几个白人，一个女人，一个小孩，一个书虫，谁愿意买？""有一个人，无论我要多高的价钱，他都会买！""谁？"尼古鲁冷眼看着夫人，慢条斯理地说："这个人名叫……叫杰姆斯·卫·威尔顿，你的丈夫！"夫人气得差点儿昏了过去，只听得尼古鲁又说："我劝你认真地想一想，最起码你得为你的宝贝儿子想一想。"说完他丢下一封信便走了。

威尔顿夫人把信拿过来一看，那是尼古鲁起草的，署名是威尔顿夫人，是想让威尔顿夫人亲笔抄写的一封信。信中说，尼古鲁是她的忠实仆人，帮助她从非洲野人手里逃了出来，现在请丈夫拿 10 万美金作为谢金，到卡松台来把她们领回去。

威尔顿夫人左思右想，觉得卡松台是一个恐怖的地方，要自己把丈夫骗来，她宁死也不干。但是为了儿子，她采取了一个折中的办法。尼古鲁来后，她要求把卡松台改为安哥拉南部的一个小港口，名叫萨米迪什。尼古鲁同意了，夫人抄了那封信，尼古鲁喜滋滋地走了。

尼古鲁往返送那封信要四五个月，他便把威尔顿夫人一行人委托给阿尔菲兹看管，阿尔菲兹深知这是一笔可观的收入，便答应了。

这天中午，贝奈发现了一只萤火虫，他想抓过来做个标本，但他的眼镜和放大镜都被尼古鲁拿去敬献给了新的地头蛇莫阿尼的老婆了。他只好先凭着声音追到萤火虫，后来看到这虫飞进了一个田鼠洞里，贝奈把头伸到洞口一看，发现里面是个地下通道，贝奈爱虫心切，跳下洞去追那只虫子，他一直顺着地下通道追进了一片树林，没想到，没抓住虫子，却被蒙面大汉扛走了。贝奈想叫，但他的嘴被捂住了。

下午，阿尔菲兹发现贝奈失踪了，他们也找到了那个田鼠洞，就把洞堵死了。夫人和雅克从此受到了更严密的监视。

接连几天，卡松台受到狂风暴雨的袭击，农作物受灾严重。新的地头蛇莫阿

尼的老婆召集当地官员,决定从安哥拉北部请来一位能呼风唤雨的巫师,以解除这场灾难。

大巫师终于来到了卡松台,他身材高大,胸前画着一些白色的花纹。他的脖子上挂着用鸟的头骨做的项链,帽子是皮的但插着羽毛,皮带上挂着小铃铛,还有贝壳、小神像等。

大巫师是个哑巴,他的哑语一方面增加了他的神秘感,另一方面增加了他的手部和面部形体语言,这使得他常常受到人们的吹呼。莫阿尼的老婆和当地官员对大巫师顶礼膜拜,不离左右,还常常跟着手舞足蹈。

大巫师用嘴吹动着乌云,又模仿云层滚动的样子,带着人们冲向关押威尔顿夫人母子的地方。尽管那儿是铁门铁锁,但大巫师用肩一顶,门就倒了。进了院子,大巫师仍然手舞足蹈,他转着转着,到了一扇门前,用手一指,门就开了,从门里面走出了威尔顿夫人和雅克。

阿尔菲兹想制止这位巫师的行为,但是新的地头蛇和官员根本不听他的陈述。莫阿尼的老婆和官员只顾手舞足蹈,赞叹大巫师的魔力无边。大巫师认定威尔顿夫人母子俩是灾祸之源,要把她们带进森林,用她们母子的血去浇灭这场灾祸。人们都懂了巫师的语言,自觉地给大巫师让出一条路来。大巫师一手提着雅克,一手托住已经晕死了的威尔顿夫人,向森林里走去。进入森林不远,大巫师用一个威严的手势阻止了莫阿尼的老婆和随行官员继续跟随,让他们回去静候乌云消散。

大巫师就这样向密林深处走了几千米,到了一条河边,只见从岸边的水洞里划出一条盖着茅草的独木舟,大巫师把威尔顿夫人和雅克放到船上,叫道:"船长,我把威尔顿夫人母子带来了!"

威尔顿夫人一下子醒了过来,那巫师不是别人,正是埃尔居尔。

15岁的船长狄克告诉威尔顿夫人,他在那天晚上陪葬的时候,水刚到胸脯,埃尔居尔便摸到了他的身下,在水中割断了绳子,因此水刚到他的脖子,他便和埃尔居尔从水下潜逃了。贝奈正是埃尔居尔放了一只虫子救走的,但是那个洞被堵了。他与埃尔居尔又想了新的办法,但都没成功。正好听说卡松台要请一位能

呼风唤雨的巫师，于是狄克和埃尔居尔便把巫师劫持了，把真的巫师留下，让埃尔居尔假扮巫师，去了威尔顿夫人母子的关押处，就这样救出了他们。

现在，除了那被卖掉的老汤姆等四个黑人，狄克一行人，包括丁戈都在一起了。

他们便乘着这条盖着茅草的船，向河的下游漂去。他们想漂到大海，因为河流入海处都有港口，他们必须这样做。

他们漂流了10多天，一天后半夜，狄克听到下游有低沉的轰鸣声，他把埃尔居尔叫到船头，让他也听一听。"是不是大海快到了？"埃尔居尔听了一会儿说："不像，我们要特别留心！"天亮时，太阳初升，狄克看到前面有一道彩虹，他立刻清楚了声音的来源，前面是一道落差数十米的瀑布。狄克他们如果再漂流一千米，这船就必然被瀑布拖下深渊，全船人将会葬身于水潭之中。

他们一行人不得不靠了岸，丁戈用它那不寻常的表情把他们引领到了一座破烂的茅屋前，他们跟着呜咽的丁戈走到茅屋，只见屋内有一具已经风化了的尸骨。丁戈在那根柱子上抓爬着，他们走过去，只见那棵做柱子的树被刮去一块皮，上面有两个模糊的红字"S"和"V"，树下有一个长锈的铜盆，里面有一张字条，上面写着："1871年12月3日……在这里，离海岸193千米的地方，我的向导尼古鲁杀了我！……抢走了我的一切，丁戈，快来救我！"

就在他们准备把三年前失踪的法国旅行家萨缪尔·维尔农埋起来时，突然丁戈蹿出门去，咬住了一个人的喉部。这个人就是尼古鲁，他在拿了威尔顿夫人的信后，想先来拿走他当年抢下的财物，再到旧金山去敲诈威尔顿先生，可是想不到会在这儿与狄克一行人碰上。埃尔居尔走到门外时，尼古鲁已经毙命了，但是丁戈也在致命的地方挨了一刀。大家为失去丁戈而悲痛，把它和主人埋在了茅屋中间。

狄克决定马上离开，因为尼古鲁可能有卫兵护送。他们来到河边，准备划船到对岸看看地形，看看有哪条路好往河口走。这时从对岸一个水洞里钻出一条船来，这是阿尔菲兹设立的一个哨口。因为卡松台外围尽是密林或沙漠，要逃跑的奴隶都得借助这条河道，而在高落差瀑布上方设一个哨口，所有逃跑的人都可以被截住。

狄克和埃尔居尔商量出了一个主意，便把一行人都叫到船上，也向对岸驶去。阿尔菲兹对他的哨兵有过交代，不管黑人还是白人都要活的，不要死的，而且论数量行赏，所以尽管对方有枪，但狄克他们也敢迎上去。狄克端着那把埃尔居尔当初逃离时夺下的枪，立在船头。两只船渐渐靠近了，狄克没有打对方的人，而是一枪把那船尾的橹给击碎了。对方的船再也控制不了方向，径直向瀑布冲去。

狄克第二枪向对方的人射去，顿时对方的人开始大乱，有的已开始跳船。等狄克这边的人都趴下了，对方却只射来一两发子弹，也没有击中。后来，狄克他们安全靠岸,看着对方那条船像箭一样地离开了他们,向瀑布冲去。接着,他们碰到了一个贩卖象牙的商队,终于脱险,回到了旧金山。狄克成了威尔顿的养子,被送去学习航海知识。埃尔居尔成为这个家庭最好的朋友。

几年以后,老汤姆等几个黑人也来到了威尔顿家里,大家共同举杯:"为15岁的船长干杯!"

哥伦布的探险之旅

哥伦布于 1451 年出生于地中海边的城市热那亚，是闻名世界的探险家。他从小就被《马可·波罗行记》中所描述的东方世界深深吸引，向往探险、航海。

青年时期的哥伦布当了水手，学习了航海指挥、天文地理，掌握了拉丁语、西班牙语、葡萄牙语和意大利语。

哥伦布常想：既然地球是圆的，人们绕过非洲东行就可以到中国，那么从欧洲向西航行，渡过大西洋，也一定可以到达亚洲。可是，这一条海路从没有人走过呀！

哥伦布决意从大西洋寻找海上通道去亚洲，去中国！他向当时意大利著名的地理学家托斯坎内里请教，得到了对方热情、无私的支持。

当时美洲尚未被发现，欧洲各国盛传亚洲是块宝地，遍地是黄金，对传说那里盛产的宝石、丝绸、香料都垂涎三尺。所以，当哥伦布请求西班牙国王支持时，国王拨款一万英镑给他。

1492 年 8 月 3 日，哥伦布率三艘帆船、87 名船员，从西班牙南端出发，驶进了当时所有海图上都没有标志的未知的茫茫大海。

船队航行了一个多月，遇上一片青绿的海域，海面上尽是

厚密的马尾藻。船走了十几天才摆脱了它们的纠缠，可眼前仍然是茫茫大海，无边无际。

船员们不耐烦了，灰心了，纷纷要求返航，只有哥伦布依然充满信心。在他表示给大伙加倍付酬金后，船队才又继续向西挺进。

船队在海上连续航行 71 天后，发现了一块陆地！船员们高兴得大叫大嚷，沮丧、沉闷的气氛一扫而光。他们登上陆地，升起西班牙国旗，哥伦布宣布代表国王占领此地，命名该岛为"圣萨尔瓦多"。

这儿的土人半裸着身子，皮肤不白不黑，脸上绘着彩色花纹，妇女鼻子上挂着金片。他们以为这些白人是天神，便跳起舞来欢迎。

哥伦布发现这岛上很穷，既无珍珠也无黄金。他问土人："你们的金片是从哪里来的？"

"是从南方带来的。"土人回答，可是南方在哪儿，他们也说不清。

第二天，哥伦布率船队又驶向了茫茫大海，继续去寻找盛产黄金的所谓南方，穿行在中美洲巴哈马群岛之中。

这天，船队登上了一块陆地，哥伦布以为这就是亚洲大陆，脚下的土地即是中国的一个半岛。于是，他派了两个人作为使者去内地见中国皇帝。

几天以后，使者垂头丧气地回来了，说："一路上尽是小棚屋，村里很贫穷，不像是繁荣富饶的中国。"

哥伦布并不知道这儿是古巴岛，还以为这是中国最贫穷的一个省，于是下令让船队继续南行。

不久，哥伦布陆续发现了两个大岛，并为它们分别命名为"西班牙岛"和"海地岛"，他依然没找到中国。

当时，哥伦布也不知道，他发现的是欧洲人从

来都不知道的新大陆。而从这里到亚洲,中间还隔着一个比大西洋还辽阔得多的太平洋。

1493年3月15日,哥伦布率船队返回了西班牙,这一天也就是完成了开辟横渡大西洋航线和发现美洲大陆的日子。

哥伦布总以为他发现的那片陆地是亚洲,可为什么与马可·波罗描述的不同呢?他要弄清那到底是不是亚洲。于是,哥伦布又第二次、第三次、第四次率船队横渡大西洋,发现了南美洲。但他当时并不知道这一点。

哥伦布几次远航,发现的大陆并不富庶,与人们谈论的亚洲毫无共同之处。他逐渐意识到,这些新大陆不是中国。

在长时间的远航中,由于天气炎热、食物腐烂、暴雨袭击、海水腐蚀、黄热病的威胁,航行越来越艰难,哥伦布只得带着遗憾离开新的陆地。他寻找的中国一直没有出现。

征服南极

爱布森从小就喜欢探险，年轻的时候，在他的家乡挪威，他常去靠近北极的地方探险。成年以后，他把目光投向遥远的南极。

做了多年的准备工作后，已经极富探险经验的爱布森开始向南极进发。他们一行人在南极大陆建立起大本营，备好充足的食物和器材，以此为基地，开始征服地球的最南点——南极。

爱布森一行五人乘坐狗拉雪橇向南进发，穿过布满水洞和裂缝的地段后，他们爬上了南极高原。此处冰山连绵起伏，山坡陡峭，使他们每前行一步都很困难。中途，他们又被暴风雪围困了好几天，食物越来越少，他们不得已杀掉拉雪橇的狗充饥，几个人为此很伤心。为抢时间，他们只好顶着风暴徒步前进。上面是千尺冰刃，下面是可怕的深渊，死亡时刻威胁着他们。

为了不被暴风雪刮跑，他们五个人用绳子把自己串起来，一点一点地在冰雪上挪动，远远看去就好像几粒豆子点缀在无边的冰雪里。

他们终于成功到达南极点了，可这里到处是平坦的冰面。原来南极点并不是他们想象的那种顶点，而是很抽象的，它要用很精密的仪器才能测出来。爱布森在他们认为最接近南极点的地方，竖起一个标志，并插上了挪威国旗。

人类终于完成了征服南极的使命。

跨越两洲的汽车越野

1992 年 9 月 9 日,哈萨克斯坦西部的大荒原一改往日的荒凉,百辆汽车疾驰而过,吓呆了奔跑的骆驼。干结的泥土被碾成干粉状,荒原一片烟尘。突然,一辆卡车翻了。两辆赛车相继起火。

这就是 1992 年欧亚汽车探险大赛的一幕。从 9 月

1 日开始的这次汽车越野赛,要从巴黎驶至莫斯科,最后到达北京。参加这次越野的大大小小各种功用的车共有 255 辆,其中赛车 94 辆。这次越野赛要经过中亚几个大沙漠和戈壁滩,被认为是最伟大的体育比赛之一。

在开往大荒原之前,车手已行驶了 7 天,已有 9 辆车因故不能前进,一名法国后勤员翻车身亡。接下来的两天里,许多车手都走错了路,每天约有 10 辆赛车因为车祸未按时赶到营地而失去比赛资格。

9 月 11 日,更大的困难来了。在开赛以来最长的一段赛程——里海东岸,一名意大利车手翻车死去了。许多车手为节省时间不吃午饭,但那段时而起伏,时而弯转的道路让不少车手疲惫不堪。当天,有 39 辆赛车超过关门时间才到达营地,17 辆赛车因没能按

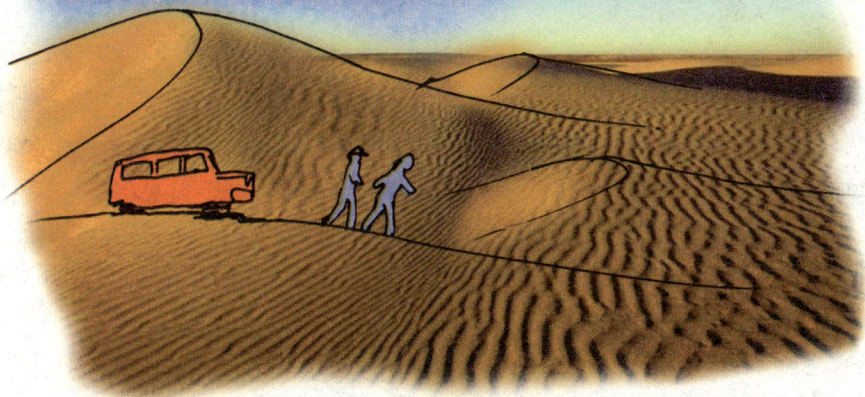

规定时间向组委会报到而被迫退出赛事。

中国有两辆赛车参加了比赛,其中一辆 11 号车被淘汰了;另一辆在接下来穿越卡拉库姆大沙漠时迷了路,燃油也耗尽了。两名车手在茫茫沙丘中走了整整 14 个小时才获救。

9 月 18 日,仅剩的 62 辆车驶入中国境内,途中要穿过塔克拉玛干沙漠和戈壁滩,以及巴丹吉林沙漠和腾格里沙漠连接的边缘。

各国车手开足马力,奋力追赶,但路途依然艰难。从喀什到阿克苏的赛段上,前一天晚上下了一场暴雨,原本干涸的河道被雨水泡成一片泥泞。结果除了 6 辆当天驶到终点的车外,其余汽车都被困在泥潭里,其间还发生了三次车祸,因此这一赛段被取消了。

9 月 19—20 日,又有两人在车祸中丧生。以后的几天几乎一直风雨大作,赛车手们只好顶风冒雨前进,尽量小心驾驶,但翻车事故依然不断发生。在甘肃酒泉宿地休息时,甚至刮起了 8 级大风,接着又是瓢泼大雨,连帐篷都没法支起,许多人只好在狭窄的赛车内待了一夜。

漫漫赛程终于走近了尾声。9 月 26 日上午,50 辆赛车、卡车和 7 辆摩托车在最后规定的时间内抵达终点八达岭长城。获得这次越野赛冠军的是 104 号赛车——法国雪铁龙队的车手拉蒂格和他的领航员。无论成功与否,赛车手此刻心中都会出现出发时巴黎塞纳河畔体育馆的大银幕上的一行大字——"探险精神永存"!

被埋井下三个月

以前，平顶山的煤离地面很浅，还有许多是露天的。所以，附近村民一有空就去采掘，特别是农闲时节，当地老百姓成群结队地上山挖煤，渐渐就挖成了矿井，久而久之，有的矿井被挖得很深了。

有一天，雨后初晴，风和日丽。许多村民不肯放弃农闲时光，又背着煤筐，扛着鹤嘴锄进山挖煤。途中，他们商定去一个原先已经废弃的老井道采挖。下井道

挖了两个小时左右，也正是大伙干得最起劲的时候，他们都听见了"咚咚咚，咚咚咚"的声音，好像有人在叩壁一样。大家有些恐慌，以为是遇上了鬼，你看看我，我看看你，一时没了主意。其中一个年长的村民胆子大些，他说："今天谁也不要先逃跑，要死大家死在一起。"他侧起耳朵贴着煤层，屏住呼吸静听，果真听见有一个微弱的声音在喊："救命呀！快救救我！"

他又叫了两个小青年也侧起耳朵细听，他们同样听到了人的呼救声。这个早已废弃的井道里哪来的人呢？大家都以为这是先前死在里面的鬼，所以一个个汗毛都竖了起来。但年长的村民还是壮了壮胆对着煤层大声叫道："你已经死了，是天数已尽，我们今天来这里挖煤，你不要害我们，我们出去后一定给你多烧些纸钱。"

话音刚落，煤层里面传来更清晰的瓮声瓮气的声音："我是洪都村人，叫钱正龙，不是鬼，被压在里面还没死！"在这群挖煤人中，正好有一个叫钱寅的，是洪都村人，他说："我爹钱正龙三个月前与钱三等人来挖煤，都被压死在矿井里了，但不知死在何处。"

于是，又有好几个人齐声道："今天真是活见鬼了。"他们一齐喊："喂！今天你亲儿子钱寅也在这里，你就别作祟了！"

又听到煤层里的声音："寅儿，你真的也在吗？你怎么会忍心不救你爹呢？"

这下，钱寅连声音也听出来了，知道里面说话的的确是他爹。他大哭起来，拿起一把鹤嘴锄，拼命地挖起来，其他人也帮钱寅一起挖，大家等着看一个究竟。

不到一个小时，一个人可以爬着进出的洞挖成了。钱寅为了救父亲，也顾不得其他，洞一挖通，他就一个人爬了进去，不一会儿就把他爹救了出来。

众人问钱正龙，他被埋在废井道里三个月怎么会不死？钱正龙说，那天他和另外几个人一起来挖煤，井道坍塌后，其他的人都被压死了，唯独他一个人因塌方时正在两棵支撑木底下，支撑木正好撑出了一个空间。因此，他不仅没有被压死,而且也没有受伤。他在矿井下也不知过了多少时间,渴了喝从身边流过的水,饿了吃摸黑抓住的老鼠和虫蚁,活到了今天。他以为自己没救了,方才听到外面有挖煤的声音,他又对着煤层用力喊救命,正好他的儿子也在场,终于获救。

热爱生命

两个淘金者，一个丢弃了金子，喝了狼血，活了一条命；另一个舍不得丢弃金子，结果被狼吃了。这便是两个淘金者的故事，也是革命导师列宁非常爱读的一个故事。

两个淘金者在加拿大的北部采了很多金子，这从他们用毯子包起来的沉甸甸的包袱形状便可看出来，如果不是勒在他们肩上的皮带结实有力，那他们带走这些金子将很不方便。

可惜他们俩都没了子弹，都只有一支空枪，而在加拿大北部的荒原上，没子弹便没法猎获鹿和松鸡，也就没有食物，于是他们俩不得不尽快往回赶路。他们已经走了很长的路，步履维艰，痛苦地走下河岸。因为他们包袱里的金子很重，他们都弯着腰，肩膀和脑袋冲向前面。"我们藏在中转站地窖里的那些子弹，有两三发在我们身边就好了。"走在后面的人说。前面的那个人一拐一拐地向小河里走去，没有答话，后面那个人跟着走下河去。他们两个都懒得脱下鞋袜。现在是七月底八月初，加拿大北部荒原的河水冰冻，冷得他们的脚踝一阵阵发痛。当河水漫到他们膝盖的时候，他们都冷得摇晃发抖，站不稳了。

后面的那个人在一块光滑的石头上滑了一下，几乎摔倒，于是他就站着不动，望着前面那个一直没回过头的人。在他又走了一步，又差点摔倒的时候，他叫了起来：

"喂，比尔，我的脚踝扭伤啦……"

比尔在河水里一摇一晃地走着，还是没有回头。

"比尔！"他大声地叫了起来，这是一个坚强的人难中求援的呼叫，但是比尔没有回头。他一直看到比尔艰难地过河，蹒跚地登上山坡，又看到他越过山头，失去了踪影。他把周围的环境重新扫视了一遍，到处都是模糊的地平线，小山不高，没有树也没有草，只有一片辽阔可怕的荒野。因此，他的两眼露出了恐惧，"比尔！""比尔！"他一次又一次地叫着。

他在河水里发疟疾似地抖了起来，手里的枪也掉到了河里。他鼓起精神，在水里摸到了枪，又把包袱向左肩挪了一下，想减轻扭伤的脚踝的负担。接着，他慢慢地向河岸走去。

他一步也没停，走向他伙伴消失踪影的那个山头，他的样子比起那个瘸着腿、一踮一跛的伙伴来，更显得古怪可笑。他蹒跚地走下了山坡。

谷底一片潮湿，他每走一步，水就从他脚下冒出来，潮湿的苔藓也总是吸住他的脚，不肯脱落。他顺着比尔的脚印，尽量挑好路走，尽量让脚踏在苔藓海里那些小岛一般的岩石上。

他没有迷路，他知道，往前走是一个小湖，小湖连着小溪，小溪的尽头是分水岭，翻过分

水岭是另一条小溪的源头,他可以顺着小溪走到狄斯河,那儿有他们的中转站。在那里,一条反扣着的独木船下面有一个坑,坑上是石头,石头下面有子弹,有钓钩和渔网,还有一些面粉、豆子和一块腌猪肉。他想比尔会在那里等他,然后顺着狄斯河划到大熊湖,再往南一直划到马更些河……他竭力想着比尔没抛弃他,想着比尔一定会在藏东西的中转站等着他。他常常弯下腰,摘下沼泽地上那种灰白色的浆果,把它们放到嘴里,嚼几下,然后吞下去。这种浆果只是一小粒包着一点水的种子,一入口,水就化了,种子又辣又苦。他知道这种浆果没有养分,但他仍然耐心地嚼着它们。

走到九点钟,他被一块岩石绊了一下,因为极度的疲倦和衰弱,他摇晃了一下就栽倒了。他躺了一会儿,又挣扎着坐起来,借着夜色,在乱石中收集了一堆干枯的苔藓,升了一堆火,并放了一白铁罐子的水在火上煮着。

他打开包袱数他的火柴,一共67根,他数了三遍,又分成三份藏在三处。

他在火边烤鞋袜,鹿皮鞋已成了碎片,毡袜子也磨穿了。一双脚皮开肉绽,都在流血,一只脚踝已肿得和膝盖一样粗。他从两条毯子中的一条上撕下一个长条块,捆紧脚踝,又撕下几条,缠好双脚,代替鞋袜。接着,他喝下那罐开水,上好手表发条,钻进了毯子睡觉。

六点钟的时候,他醒了,觉得肚子饿。他撑起胳膊要起身的时候,一个很大的呼噜声把他吓了一跳,他看到了一只公鹿,离他不过15米,他想到了烤鹿肉的情景和滋味,不自觉地抓起枪,却放了一下空枪,那鹿便哼了一声逃开了。

他拖着身体要站起来,他的关节却像生了锈的铁链,最后总算站住了,但他花了一分钟左右才挺起腰。

他开始收拾包袱,那个厚实的鹿皮口袋里装着金子,有十五磅(约6.8千克)重,这使他犯愁。他开始把金子口袋放在一边,卷起毯子来,卷了一会儿,他又停下手,盯着那个金子口袋。他匆忙地把金子口袋抓到手里,用一种挑战的眼光看着周围,仿佛这片荒原要把他的金子口袋抢走似的。等到他站起来,摇摇晃晃地开始这一天新的路程的时候,金子口袋仍然在他背后的包袱里。

他不时地停下来摘地上的浆果吃,脚很疼,饥饿的疼痛也像在啃他的胃,浆果并没有减轻他的疼痛,反而使他那饥饿的疼痛更加强烈。

在一个山谷,有许多松鸡从岩石和沼泽地里飞起来,他用石头打,但都没打中。他放下包袱,像猫抓老鼠般地摸过去想捉一只,但没有成功。有一次,他爬到了一只可能是睡着了的松鸡旁边,但只捞到了三根松鸡尾巴上的羽毛。他只好回到原地,背起包袱继续前进。他碰到20多头驯鹿,都在他的射程之内。又碰到一只黑狐狸叼着一只松鸡,他喊了一声,狐狸跑了,却没有丢下松鸡。

在一条小河边,他拔起灯芯草,嚼着灯芯草根部那像嫩葱的部分,吸取那并没有养分的汁液。他开始在水坑里找青蛙,用手指头在土里挖虫子,尽管他晓得北方没有青蛙和虫。后来,他在一个水坑里发现了唯一的一条小鱼,他把胳膊伸下水去捉,没捉住,水也搅浑了,人也栽到了坑里,他又等着,想水清了再捉。水清了,他再捉,又没捉住。他开始用白铁罐子舀坑里的水,舀了半个多小时,水坑里连一杯水也不足了,却没见到鱼。他这才发现石头里面有一条缝,那条鱼已从石头缝钻到了旁边一个相连的大坑里,而那个坑的水,他舀一天一夜也舀不干。如果早知道这条石缝,他会先堵住,而鱼也早归他所有了。他开始小声地哭,然后号啕大哭,后来还抽泣了很久。

又一天的中午,他在一个水坑里发现了两条小鱼,他想办法用白铁罐子把鱼捞了起来,鱼只有小指头那么长,但是他现在竟不怎么觉得饿,胃的隐痛已经麻木,好像胃已经睡着了。他把鱼生吃下去,虽然他并不想吃,但他知道,为了活着,他必须吃。

黄昏的时候,他又捉到三条小鱼,吃掉两条,留一条当作第二天的早饭。这一天,他走了不到 16 000 米;第二天,大约走了 8 000 米多一点儿。现在,驯鹿越来越多,狼也多起来了。荒原上常听得到狼嗥声,有一次,他看到三只狼从他前面穿过。

又过了一夜,早晨,他的头脑比较清醒,他就解开了鹿皮口袋的皮绳,从口袋倒出一股黄澄澄的粗金沙和金块。他把这些金子分成两份,一份包在一块毯子里,放在一块突出的岩石下藏好,另外一份仍然装进口袋里。他又从毯子上撕下布片裹脚,但枪他没舍得丢掉。

这一天天下雾,他又有了饿的感觉。他常常晕得什么也看不见,摔跤更是常事。一次,他正好摔进一个松鸡窝里,那里面正好有四只刚孵出的小松鸡,他抓起这些鲜活的、可能才出世一天的小松鸡,一口一个,大嚼起来。母鸡大吵大叫在他周围扑来扑去,他把枪当作棍子想打死母鸡,可是母鸡跑开了。他又用石子打,碰巧打伤了母鸡的翅膀,他就在后面追。母鸡被追得精疲力竭,可是他也累坏了。母鸡歪倒在地上喘个不停,他也歪倒在地上喘个不停,彼此只隔着 30 厘米远,然而他没有力气爬过去,等到他恢复过来,母鸡也恢复过来了。他伸出手去,母鸡就扑着翅膀逃到了他抓不到的地方。追到天黑,母鸡终于逃掉了。他浑身发软,栽倒在地上,脸摔伤了,包袱压在身上,他一动不动地躺了好久。后来才翻过身,躺在地上,一直躺到早晨。

又是一个下雪的日子。走到中午的时候,累赘的包袱压得他受不了。他又重新把金子分开,但是这一次,他只是把那一半倒在地上没管它。到了下午,他就把剩下的金子全扔掉了。他现在只有半条毯子、一个白铁罐和一支枪,还有一把猎刀。

他常常出现幻觉,觉得枪膛里还有一颗子弹,这使得他常常打开枪膛来打

消自己的念头。有一次，他看到一个几乎叫他昏倒的东西，他觉得他像喝醉了酒，但他没让自己跌倒。他面前是一匹马，一匹马！他简直不敢相信自己的眼睛，他狠狠地揉揉自己的眼睛，原来它不是马，是一头大棕熊！这头棕熊正用好斗而又惊奇的目光盯着他。

他把枪举起一半，才记得枪里没子弹，放下枪，他拔出屁股后面刀鞘里的猎刀。他面前是肉和生命，他用大拇指试试刀刃，刀刃很锋利，刀尖也很锋利。他本来想扑到熊身上，把它杀了的，但他的心却狂跳起来，脑袋也感到一阵昏眩，他突然意识到，他这样衰弱，如果这畜生攻过来，他怎么办？他只好竭力装出威风的样子，握紧猎刀。那棕熊笨拙地前移了两步，试探性地咆哮了两声，如这个人逃跑，它就会追上去把他吃掉。可是这个人没有逃跑，他也咆哮起来，而且声音非常凶野，非常可怕。那头熊又向旁边挪了一下，再发出了一声威胁的咆哮，可是这个人仍旧不动，他像一个石像一样地站着。直到棕熊走开了，他才猛然哆嗦了一阵，倒在了潮湿的苔藓里。

他又振作起来继续前进，时而有些狼三三两两地从他前面走过。傍晚的时候，他碰到了许多零乱的骨头，这说明狼在这里咬死过一头野兽。这些残骨在一个小时以前还是一头小驯鹿，一面尖叫，一面飞奔，非常活跃。他看到这些骨头被啃得干干净净，精光发亮。因为饿，他拿起一根骨头啃了起来，吮吸着使自己富有力量的骨髓，舔着甜蜜蜜的肉味，他咬紧骨头，使劲地嚼，有时咬碎了一点骨头，有时却咬碎了自己的牙。后来他用石头来砸碎骨头，再把砸碎的骨头吞进肚子里。

接下来是可怕的雨雪天，他不知道什么时候露宿，什么时候收拾行李。他摔倒的时候就是休息，能站起来的时候，慢慢地往前走。他身上带着那只小驯鹿的碎骨头，不时地拿出来嚼着。

有一天他从一块岩石上醒来，只隐约记得刮过风、下过雨、落过雪，但是他究竟被风雨雪吹打了几天还是几星期，他就不知道了。他一动不动地躺了好一会儿，眼前还出现了海市蜃楼般的幻觉，他知道这荒野中不会有大海、大船，但他眼中的幻觉却保持了很久。

他听到背后有一种吸鼻子的声音，仿佛是喘不过气或者咳嗽的声音，由于身体极端虚弱和僵硬，他没看到附近有什么东西，但是他耐心等待着。不一会儿，他又听到了吸鼻子和咳嗽的声音，这一次他看到离他不到6米的两块岩石之间有一只灰狼的脑袋，这只狼脑袋上的尖耳朵不像别的狼那样挺得笔直，它眼神昏昏的，布满血丝，脑袋有些无力地耷拉着，表情也好像有点儿苦恼。它在阳光下不停地眨眼，好像有病。它现在又发出了吸鼻子和咳嗽的声音。

他看清了身边是一只病狼，便翻过身去寻找刚才的海市蜃楼，没想到大船、大海还在。他努力地想了一会儿，终于判断出，那不是幻觉，那光辉的大海是北冰洋，那条船是一条捕鲸船。

他坐起来，看到裹在脚上的毯子已经磨穿了，脚已经破得没有一块好肉。毯子已用完了，枪和猎刀已不见了，帽子也不知丢在何处了。不过贴胸的那个油纸包里的火柴还在，还可以用。他很冷静，没有痛苦的感觉，一点儿也不饿。他撕下两截裤腿上的布，用来裹脚。白铁罐子还在，他打算先烧点儿热水喝，然后再向海边的大船走去。他知道，以他的体力走到大船那儿并不容易。他开始寻找干苔藓生火，但是他发现自己已不能站起来了，他努力了好一会儿也没有成功，只好死了这条心。他爬着摘干苔藓，有一次爬到了病狼附近，那病狼很不情愿地避开他。他看到狼在用舌头舔牙床，那舌头是暗黄色，好像蒙着一层粗糙的黄纸。

他喝下热水以后，觉得自己可以站起来了，甚至可以像想象中一个健壮的人那样走路了。他每走一两分钟，就不得不停下来休息一会儿。他的步子很软，很不稳，就像跟在他后面的那只病狼一样。

这一天，等到黑夜笼罩了光辉的大海的时候，他知道他与大海之间的距离只缩短了不到6 000 米。

这一夜，他总能听到那只病狼的咳嗽声。有时候，他又听到了小驯鹿的叫声。

他周围全是生命，不过那是强壮的生命，非常活跃而健康的生命。同时他也知道，那只病狼之所以要紧跟他这个病人，是希望他先死。早晨，他一睁开眼睛就看到这个畜生在用一种饥渴的目光看他。它像一条倒霉的狗，在寒风中冷得直打哆嗦，每逢他对它勉强发出一种低声咕噜似的吆喝，它就无精打采地咧着牙。

太阳高高地升了起来，整个早晨他都在跌跌撞撞地往大海边那条船的方向走。

下午，他发现了一些痕迹。那是另一个人留下的，不是走，而是爬的痕迹，他认为可能是比尔。他跟着那个挣扎着前进的人的痕迹向前走去，不久就走到了尽头。他在潮湿的苔藓上看到了几根已被啃光的骨头，附近还有许多狼的脚印。他发现了一个跟他自己的那个一模一样的厚实的鹿皮口袋，但已经被尖锐的牙齿咬破了。他那无力的手已经拿不动这样沉重的袋子了，可是他到底把它提起来了。比尔至死都带着金子！哈哈！他可以嘲笑比尔了。他可以活下去，把它带到光辉的海洋里的那条船上。他的笑声粗厉可怕，跟乌鸦的怪叫一样，而那条病狼也跟随着他，一阵阵地惨嚎。突然间，他不笑了。如果这真是比尔的骸骨，他怎么能嘲笑比尔呢？如果这些有红有白、被啃得精光的骨头，真是比尔的话。

他转身走开了。不错，比尔是抛弃了他，但是他不愿意拿走那袋金子，也不愿意吮吸比尔的骨头。不过，如果事情掉个头的话，比尔也许会做得出。他一面摇摇晃晃地前进，一面暗暗想着这些事情。

他走到了一个水坑旁边。就在他弯下腰找小鱼的时候，他猛然仰起头，好像被什么东西刺了一下。他瞧见了自己反照在水里的脸。那脸相之可怕，竟然使他在一瞬间恢复了知觉，感到震惊！他用白铁罐试着去捉鱼，几次都没成功，他便不敢再捉了，他怕掉进坑里被淹死。

这一天，他和那条船之间的距离缩短了5 000英里，第二天又缩短了3 000米。他现在不能走，只能爬了。到了第五天黄昏，他估计自己离船还有11 000米，而他则每天连2 000米也爬不到了。他常常晕过去，醒来又爬，狼还跟在后面，常咳嗽和喘气。他的膝盖和脚都是一样鲜血淋漓，尽管他撕了衬衫来垫膝盖，但他身后仍是一路血迹。他看见狼正饿得发慌地舔着他的血迹，他意识到，必须干掉这只狼！如果这是一只健康的狼，他觉得倒没多大关系，但一想到自己要喂到这么一只令人作呕、只剩下一口气的病狼的胃里，他就觉得非常厌恶。

有一次，他在昏迷中让一个贴着他耳朵喘气的声音惊醒了。只见那只狼一跛一跛地往后缩，也许因为虚弱，那狼还摔了一跤，样子可笑极了。可是他一点儿也不觉得有趣，也不觉得害怕。他虚弱到了极点，已经无力害怕了。不过，他头脑却很清醒，于是他躺在那儿细细地想，那条船离他不过 6 000 米，他把眼睛擦净以后，可以很清楚地看见它。可是，无论如何他也爬不完这 6 000 米的路，这一点，他是知道的。他估计自己连 800 米也爬不了了，不过，他仍然要活下去，尽管奄奄一息，他还是不情愿死去！也许这个想法完全是发疯，不过就是到了死神的魔掌里，他仍然要反抗它，不肯轻易死掉！

他闭上眼睛极其小心地让自己镇静下去。疲倦像涨潮一样，从他身上各处涌来，但是他强打起精神，绝不让疲倦将他淹没。这要命的疲倦，很像一片大海，一涨再涨，一点一点地吞没他的意识。

他一动不动地仰面躺着，现在他能够听到病狼一呼一吸地喘着气，慢慢地向他逼近。狼越来越近，总在向他逼近，好像经过了无穷的时间，但是他仍然没动。狼已经到了他耳边，那粗糙的干舌头正像砂纸一样摩擦他的两腮。他的两只手凭着坚强的毅力一下子伸了出来，他的指头像鹰爪一样，但是他抓了一个空。敏捷和准确是需要力气的，他现在没有这种力气。

那只狼的耐

心真是可怕,这个人的耐心也一样可怕。这一天,有一半的时间他就这样躺着不动,和昏迷做着斗争。有时候,疲倦的浪潮淹没了他,他会做很长的梦。但是他不论醒着还是做梦,都在等着狼的喘息,等着狼的那条粗糙的舌头来舔他。

他并没有听到狼的喘息,当他从梦里慢慢苏醒过来时,觉得有一条舌头在顺着他的一只手舔去。他静静等待着,那狼牙轻轻地扣在他的手上了,扣紧了,狼正在尽最后一点力量咬它等了很久的东西。可是这个人也等了很久,他的被狼咬破了的手抓住了狼的牙床,于是,就在狼无力地挣扎着、他那手已无力掐着的时候,他的另一只手慢慢地摸过来,一下子把狼抓住了。

5分钟后,这个人已把全身的力量压在狼的身上。他手的力量虽然还不足把狼掐死,可是他的脸已经贴近了狼的咽喉,嘴里已经满是狼毛。半小时后,这个人感到一股暖和的液体慢慢地流进了他的喉咙。这东西并不好吃,就像是硬灌到他胃里的铅液,而且是纯粹凭着意志灌进去的。

他喝了狼血,翻了一个身,仰面就睡着了。

……

捕鲸船"白德福号"上,有几个科学考察队的人员,他们在甲板上看到了岸上的他,他正在向沙滩下面的水面挪动。他们都是研究科学的人,于是他们乘了一条捕鲸艇,到岸上查看。他们发现了一个活着的动物,可是很难把这动物称作人,这动物的眼睛已经瞎了,也失去了知觉。这个动物像一个怪虫在地上蠕动前进,一面摇晃,一面向前扭动,大概一小时可以爬6米。

三个星期后,这个人躺在捕鲸船"白德福号"的一个铺位上,眼泪顺着他瘦削的面颊往下淌,他说出了他是谁及他经历的一切。

没过几天,他就跟那些科学家和船员坐在一张桌子上吃饭。他馋得不得了地看着面前这么多好吃的东西,焦急地瞧着它们跑进了别人的口里。每逢吃饭的时

候,他免不了要恨这些人。他老怕粮食不够吃,还跑到贮藏室里去亲自窥探。他吃了饭后还像一个叫花子一样找水手讨面包,每讨到一个面包,他都塞到衬衫里面。

研究科学的人很谨慎,他们随他去,但是他们常常暗中检查他的床铺,那床上,包括褥子里面,每个角落里都塞满了硬面包。他在防备另一次饥荒。研究人员说,他会恢复常态的。事实也确实如此,"白德福号"还没靠岸旧金山,他就恢复正常了。

惊险的旅游(上)

哈利克、塔立多、姆士拉和佛蒂娅是好朋友。暑假，他们结伴去珊瑚岛旅游。

岛上有座古堡，过去是监狱，它像一个恐怖的童话，吸引着好奇而喜欢冒险的孩子。小船向珊瑚岛进发了，小船随着风儿，在海面上漂荡。天气真好，海面风平浪静。

"瞧，在我们底下有一艘沉船！"哈利克兴奋地叫起来，"佛蒂娅，你看见没有？"佛蒂娅说："看见了，听大人说，这一带常常闹鬼，随时会起风暴，把船掀翻。""几年前，有一帮海盗，被警察追捕，把一艘装有黄金的船沉在这里了，说不定就是这条船。""不可能！这事我听说过，多少潜水员下海搜索，都一无所获，哪能让我们这么容易发现。"哈利克说。"不一定！"佛蒂娅说。这时，天气发生了变化，海水开始翻滚，小船剧烈颠簸起来。孩子们不再讨论沉船的事，每人拿起一只桨，使劲将船划到岛边，上了岸。

这时狂风大作，大朵的浪花扑向岩石，发出震耳的轰响，孩子们飞快地跑进岛上的古堡里避雨。

四个人在古堡里玩了一会儿，心里惦记着小船，赶紧出来看。这一看，可把四人吓坏了。原来，一排浪头正把一条大船向岸边推来，孩子们断定那是条遇难船。那条船渐渐靠向岸边，最后传来一声巨大的触礁声，船不动了。

"哇！这就是我们刚才看到的那条沉船，它怎么会自个儿上岸来呢？"佛蒂娅说。哈利克说："可能是被海底的急流托出水面的。"大家说着，划起小船，向那条船靠去。

这的确是条沉船，上面沾满了水草，船身上到处是海蛎和其他小贝壳。佛蒂娅说："这船上一定有金子，它一定是我们找了很久的那条沉船。"大家纷纷爬上沉船。船舱里

很黑,地板很滑,佛蒂娅拿着手电筒在前面开路,其他的人紧跟着。他们在一个柜子里找到一只精致的箱子,沉甸甸的,还上了锁。

大家又敲又砸,终于把箱子弄开了。奇怪,里面只有一些发黄的纸。佛蒂娅翻着纸,突然,她高兴地叫起来:"好像是古城堡的地图,上面还有字呢!"孩子们聚了起来,只见地图上写着:"牢房——金锭。"孩子们决定马上到牢房去找金子。

这时,一艘小汽艇不知什么时候停泊在一旁,上面坐着一胖一瘦两个满脸胡子的大汉。其中一个问道:"喂,孩子们!你们在干什么呀?"佛蒂娅回答说:"这跟你有关系吗?""当然有关系啦!你手上的小箱子就应该交给我。瞧!我是警察。"胖子拿出警察证件。尽管佛蒂娅不相信他们,但她仍装出很乐意的样子,把箱子交了出去。

胖子接过箱子,夸奖了孩子们几句,又对瘦子说:"这正是我们要找的,你马上带给警长。"瘦子接过箱子,驾着小汽艇很快消失了。这两人是海盗。现在,瘦子回去通知同伙来搬黄金,胖子则监视孩子们。

59

惊险的旅游(下)

胖子以为骗过了孩子们,但佛蒂娅很聪明,她知道来硬的不行,要先麻痹他们,然后再想办法。

时机到了,四个人同时向胖子发起攻击,终于把胖子按倒在地,捆了起来。胖子承认自己是海盗,但他威胁说,他们很快会来人,让孩子们放了他。孩子们想:岛太小,海盗来了,无处藏身。他们决定躲到古堡的地道里去,但是图纸被海盗拿走了,怎么找到地道的入口呢?大家凭记忆在地上画了起来。

还是女孩子心细,佛蒂娅画得最准确。他们找到了地道口。这是一口很深很深的枯井,用手电筒一照,看见井壁上挂着一张用绳子编成的软梯。佛蒂娅抓住绳梯向下爬,一会儿就到了井底。她用手电筒四处照了照,发现井壁上有个铁环,铁环固定在一块石板上,佛蒂娅用力拉也拉不动。

哈利克让塔立多留在上面看守胖子,他和姆士拉一块儿下来了。三人一起用力,石板被掀翻,露出一个地道口。地道内有一条用岩石凿成的石阶,一直向下延伸。塔立多也把胖子吊了下去,随后自己也下来了。胖子被关进一间屋子。大家开始寻找存放金子的库房。就在这时,井上传来脚步声,大家紧张起来。

原来是瘦子带来了其他的海盗,他们根据图纸找来了。哈利克握紧拳头说:"我们只好和他们拼了!"姆士拉摇了摇头,他建议想办法离开这里,利用海盗的小汽艇去报警。

孩子们商量好，由佛蒂娅和姆士拉去报警，哈利克和塔立多设法引开海盗。

大家分头行动了。不一会儿，共有五个海盗下了井，朝地道口走来。瘦子不时用手电筒照照地图，确定前进的方向。海盗们边走边骂胖子，不知他躲到哪里去了。

这时，哈利克和塔立多从暗处跑出来，说："警察叔叔，金子找到了，就在前面房子里。"哈利克接着说："他们在前面，叫我俩来接你们。"海盗信了，就跟着孩子向深处走去。佛蒂娅和姆士拉看到海盗走了，立刻摸着出了地道，爬上井口。哈利克和塔立多在地道里左转右转，一会就把海盗甩开了，他们也来到了井口。

他们把软梯拉了上来，海盗们成了瓮中之鳖。佛蒂娅爬上树，看到岸边拴着四艘小汽艇，那是海盗们准备装金子的。佛蒂娅爬上一艘小汽艇，姆士拉把其余三艘挂在后面，小汽艇开动了，向着陆地飞驶。其余三个人留下来守住井口。佛蒂娅很快就带来了警察，将地道里的海盗全抓了起来。

大批的金子运到了国家银行，四个小伙伴都受到了奖励，每人都戴上了金质奖章。

挑战库克峰

1882 年，一则消息引起了世界登山界的注意：新西兰政府提供足够的经费公开招募敢于向库克峰挑战的勇士。

这座库克峰究竟有什么了不起呢？说起来它的海拔并不高，只有 3 764 米，但是这个坐落在新西兰南岛的山峰却极难攀登。在那里，变幻无常的天气、危机四伏的冰川、来势凶猛的雪崩……都成为阻碍攀登的困难因素。所以，世界登山界也一直关注着它。在公开招募前，它还从来没有被征服过。

终于，有人大胆揭榜了。这第一位勇士是来自英国的古林牧师。这位古林牧师是有名的优秀登山家，他又邀请了两名来自瑞士的向导——考夫曼和艾米尔。登山界议论纷纷，都说他们三人肯定能成为征服库克峰的英雄。

古林牧师本人满怀信心地来到库克峰脚下，却发现：仅仅接近这座山峰就好难！因为要踏上登山的路，必须穿过一片原始森林，这森林连路都没有！但没办法，他们只能硬着头皮开辟新路。有好几次，他们差点

儿失去了耐心。当一团乱七八糟的藤蔓出现在古林牧师面前时，他挥起刀准备砍，却发现藤蔓中有两点东西在闪光。古林牧师细细一看，竟是一条蟒蛇的眼睛，而且这条蛇足足有碗口那么粗！他不由得吸了口冷气，刚才要是惊动了它，后果不堪设想。

终于，他们走出了森林。可第二天便遇到了大风雪。三位勇士顶着鹅毛般的大雪继续前进。"小心！"艾米尔忽然喊。古林牧师和考夫曼抬头一看，大块的积雪从空中滚滚而来。雪崩断断续续地发生了十几次，但古林牧师他们从未停止过前进的脚步。

经过雪崩，三人来到了一座冰壁下，"只有 60 米了！"古林牧师拿出地图对照，并鼓励着同伴。可他们心里非常清楚，这最后的 60 米没那么容易。

眼前的这面冰壁，就像一面大镜子，任凭三个人想尽办法，还是一次次滑了下来。正当他们一次次冲刺时，忽然刮起了大风，古林牧师他们只有紧趴在冰凹处，同时贴住冰壁，才不致被狂风吹走。慢慢地，三人的手脚都麻木了……这样下去行不通，因为天气没有一丝好转的迹象，相反，狂风暴雪反而愈刮愈烈。"放弃吧！"无奈之下古林牧师只好做出了这个决定。

直到几年后，这座库克峰才被人征服，它是被新西兰的三位登山家征服的。

奇迹般的生还者

1985 年 5 月 2 日，日本的"日东丸"渔船正在萨哈林海域以东的海面上捕鱼。

凌晨 2 时，渔船上响起一声惊叫，冰冷的海水从左舷的装货门处汹涌而入。海水迅猛地涌进来，很多船员来不及逃命，就和渔船一起沉没了。船上有 16 名船员，逃上救生筏的只有松田、今野春雄、河田武治、加川、池田五人。

4 分钟后，他们打了两发信号弹，可当时海面上笼罩着一片浓雾，附近没有渔船发现他们。

五人中数河田武治年龄最大，他抵抗不了寒冷透骨的风浪，在这个漆黑的夜晚离开了人世。此时，狂风大作，雪花飞舞，橡皮救生筏像一匹脱缰的野马随波浪漂流。风浪过后，他们发现救生筏已漂到大片浮冰中，尖利的浮冰随时可能把救生筏扎破。他们赶紧用桨控制救生筏，但无济于事。在这紧急关头，有人灵机一动，指挥大家把救生筏拉到了一块浮冰上。他们将救生筏上的食物和干粮计算了一下，只够五天吃喝了。四人在冰上度

过了一昼夜。

以后的几天中，他们发现远处有船只经过，但都没有发现他们。"一定要活着回去。"大家相互鼓舞着。干粮快吃完了，他们决定把每天的口粮减少一半。

第九天，同伴围在今野青雄身旁，呼喊着："再坚持一下！"但今野青雄就像睡着似的离开了人世。第十一天，他们吃完最后一份干粮，三人靠边坐着，对面仰放着河田武治、今野青雄两人的遗体。三人竭尽最大的力气喊着，相互撞着身体，想以此驱赶死神。

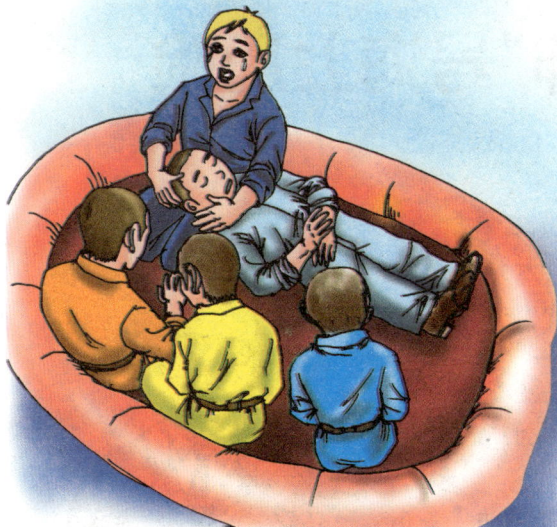

这天，一只海鸥落在救生筏篷顶上。松田灵机一动，提议捕食海鸥。捕捉海鸥并非易事，失败了多次，最后他们总算捕到一只。有了食物就有了希望，有了求生的勇气。一只海鸥可供三人吃四餐，加川边吃边想：要是放到油里炸一下就好了。

5月19日下午3时，救生筏经过17天的漂流终于漂到了萨哈林岛的海岸边，渔民发现了他们。

当天，他们就被直接送往波罗乃斯克市医院接受治疗。

"太阳神"号海上历险

别以为"太阳神"号是一艘船,它只是一只木筏,是我们模仿古人扎的一只木筏。我们用这只木筏航行了101天,4 300海里(约8 000千米)。你翻开世界地图,可以查到新西兰北面是斐济,斐济的东面是波利尼西亚群岛,我们从秘鲁出发,就用木筏漂流到了这里。

我是一名人类学家,对人群的来历总有浓厚的兴趣。1937年,我来到波利尼西亚群岛,文献记载这些岛上公元500年便有人居住,在公元1100年,又来了一群人,这些人是从哪儿来的呢?

我在岛上发现了几尊石像,这石像竟和南美洲的石像相似。我问当地老人,他们告诉我,这石像是提吉神,是他带着他们的祖先从大洋到这里来的。在秘鲁,我问他们石像是什么,他们说是太阳神,名叫康提吉,说是一个白人祖先,为人们谋福利。可有一次受到外族侵扰,便渡洋西去了。

我想,波利尼西亚的人确实是秘鲁这边的人漂流过去的。可是1 000多年前,4 300海里的路程又没有船,只有木筏,就凭着这股海上由东向西的风,能漂过去吗?于是,我们也扎了木筏,并且把石像的图案画在了木筏上,那石像叫太阳神,我们的木筏也就叫"太阳神"号了。

科学需要实证，我们要来一次实证！

首先，我找到了文献中古印第安人远航的木筏图，设计了一个我们需要的木筏。接着，我又找到了五个志同道合的伙伴，他们是：工程师赫尔曼、无线电专家科努特和托斯坦、画家艾瑞克、生物学家本格特。

我们带着木筏设计图到了南美洲，进了莽莽的原始森林，挑选制造木筏的木料。在那一带森林里有一种大树叫轻木，它很轻，在水中浮力大，最适宜做木筏。我们一共采集了 12 根轻木，并将这些木料运到了秘鲁的卡亚俄港。

我掏出设计图，在征求了大家的意见之后，便请人做成了一只模样古怪的木筏。这只木筏的外表简单粗糙，但结构却十分坚实牢固。在木筏上面，有一个用竹子和树叶搭成的船舱。为了科学地反映我们的求证过程，我们的木筏完全仿照古人营造，没有用一截铁丝和一只铁钉，完全用绳子扎成。我们还在木筏上竖起一根竹篙做桅杆，这样可以张开风帆，借风而行。

木筏竣工以后，引来了无数围观者，他们都摇头表示怀疑，有的人甚至说，这么小、这么简陋的木筏，一出海就会沉下去的。我听了这些话并没泄气，因为 1 000 多年前的木筏

绝对不会比它先进，祖先能够漂流过去，我们还漂不过去吗？

我们把太阳神画在帆布上，仿佛当年康提吉带着白人出发远航一样，我们在木筏上装载了 4 个月的粮食和淡水，还有航海仪器、一台无线电发报机，还带了一只会说话的鹦鹉。

1937 年 4 月 27 日早晨，我们六个人登上了木筏。这天天气晴朗，码头上挤满了欢送我们和看热闹的人们，还有一群忙乱的记者。出发之前，一位年轻的女士把敲裂了的椰子扔到了木筏上，椰子汁和碎渣四下溅开，这是一种象征性的仪式，预示着我们一路平安。仪式结束后，秘鲁海岸的拖轮便拖着我们的木筏离开了港口，我们向西漂流的历程开始了！

第一天，我们便进入了秘鲁寒流流速最快的地段，白沫飞溅的巨浪一个接一个地扑来。海水冲击到我们身上，冰凉刺骨，水温远远低于一般的海水。我知道，这是南极过来的洋流，这股洋流即使在流过炎热的赤道海域，水仍然是冰凉的，连旁边的游鱼也不敢闯入。

拖轮返回了，海上刮起了信风，"太阳神"号木筏像出膛的子弹一样，乘着洋流和信风向西行驶。我看着海图，突然想到，当年康提吉从秘鲁出发漂流时，可能也是乘着这股信风，漂向波利尼西亚的。

风越刮越猛，浪越来越大，大海开始咆哮了。我们全船的人拼尽全力也稳不住舵桨，木筏失去了控制，像一只陀螺在海面上乱转。情况非常危险，我大声叫伙伴们用绳子捆住舵桨，大家共同努力，总算把舵桨捆住了，木筏也停止了乱转。但是凶猛的风浪

依然铺天盖地,危险的形势仍未缓解。为了防止被卷入海中,我们都把绳子捆在腰上,把自己牢牢系在木筏上。

到了晚上,狂风仍在呼啸,巨浪仍如一座座小山,我们的"太阳神"号一会儿被挤上浪尖,一会儿被丢进浪谷。如果我们吸气时稍不留神,马上就会涌进一口又苦又咸的海水。我们在这样的颠簸之下,每个人都翻肠倒胃地呕吐起来,好像连胆汁也要吐了出来。无线电专家科努特已经晕倒在木筏上,这时候一个浪头把他冲到了海中。"不好,快救人!"五个人一起扑上前去,拉住那根系在科努特腰间的绳子,把他拖上了木筏。如果当初我们不把自己都拴在木筏上连起来,就会有一个伙伴被大海吞没了。

风浪终于平息了,在几天的风浪中,我们总算初步了解了大海的脾气,成为能够顺应波涛的航海家。令我们感到惊奇的是,我们竟发现了木筏比任何木船都安全,木筏不像船那样灌满了水就下沉,它装不了水。但是,我们也担心,如果制造木筏的木头长时间浸在海水里,会不会浸透后下沉呢?想到这儿,我削下了一块湿木片,扔到了海里,大家看到木片沉到了海水中,仿佛心都沉了。倒是工程师赫尔曼比较理智,他举起斧子向一根轻木猛砍下去,拔出斧子时,大家都盯着他砍过的地方,生怕看到湿了的木头。但是,大家看到木头只湿了一层皮,里面都是干的,于是大家都欢呼起来。

可是另一个担心又来了,轻木不会湿透,那么捆绑木筏的绳子会不会被磨断呢?一旦绳子断了,木筏也就散了,我们也就会葬身海底。我们马上对木筏进行了全面检查,我们看到轻木已被水泡涨,绳子已经勒进了松软的轻木里面,绳子不再受到摩擦,显然不会被

磨断。

走了一个多星期,我们离开了亨博尔特海流区,到达了温暖的海域。海面显得平静,海水由绿变蓝。这里水温较高,鱼很多,简直是鱼的世界,我们的木筏几乎是在鱼群上漂行。鱼儿好奇地游到我们身边,有金枪鱼,还有我们没见过的怪鱼,它们好像在探询我们是不是它们的同类。到了晚上,海面上磷光闪闪,这是海洋发光生物的反影。

靠近赤道的时候,海面上出现了越来越多的飞鱼。飞鱼可以跃出水面,有时可滑翔十多米,飞鱼还有趋光的嗜好,只要夜晚把煤油灯放在木筏上,第二天早上准能在甲板上捡到十几条自投罗网的飞鱼。有一次,科努特正端着煎锅,一条飞鱼蹿上来碰到他的手,正好掉进滚烫的油锅,引得我们哈哈大笑。

有一天早晨,天还没完全亮,挂在桅杆上那条引诱飞鱼的煤油灯突然掉落了下来,站在甲板上的托斯坦,身上擦过一个又湿又滑的东西,他大叫起来:"蛇!蛇!"大家立即赶来观看,原来是一条一米多长的蛇形怪鱼。只听生物学家本格特惊讶地说:"天啊!这是蛇鲭,我在巴黎博物馆见过它的标本,人们认为这种鱼早就灭绝了,想不到今天在这儿出现了。"以后几天,我们又捕到了几条蛇鲭,真把本格特乐坏了,他不断地做着标本,还进行测量和记录。这期间,我们都成了他的助手,只要说到珍贵的鱼,都主动地先问他做不做标本。

有一天早晨,赫尔曼掌舵的时候,发现一条大鲨鱼跟在木筏后面,它一会儿翻着跟斗,一会儿在木筏上蹭着身体,把木筏弄得颠颠簸簸。为了消除灭顶之灾,大家都拿起了鱼叉自卫,可不大一会儿,鲨鱼消失了。正在大家觉得奇怪时,只见远处有一大群海豚向木筏游来,因为海豚不会伤人,所以大家都松了口气。估计那条鲨鱼是被海豚赶走的。

到了中午,我坐在木筏旁边,把双脚伸进了温暖的海水,一边把碎鱼块扔进海里喂鱼，一边哼着愉快的小调。这时，我看见一个几米长的暗影向我脚边冲来，"鲨鱼！"我本能地叫了一声，一个后空翻把脚从水中抽了出来。生物学家见到后感叹说："真危险呐！这是一条大虎鲨，是鲨鱼中最凶恶的一种，它那锋利的尖齿，可以把人的双腿咬断。"

大家惊魂未定，科努特在木筏后面又发现了大鲨鱼。大家赶去一看，原来是条鲸鲨，身体足有二十多米长，如同一座移动的小山，这是鲨鱼家族中的巨人。它的身体是棕褐色的，上面布满小白点，扁平的头上长着两只小眼睛，嘴巴足有一米多宽。本格特介绍说，鲸鲨体形巨大，但不主动攻击人。

开始一段时间，大家一见到鲨鱼都很惊慌，后来天天见到也就习以为常了。画家艾瑞克看到鲨鱼时，还常常把鱼叉扔过去，结果要么是鱼叉被折断，要么是鲨鱼被刺破一点皮，照样游动自如。

我们都想尝尝鲨鱼肉，可是怎样才能捕到鲨鱼呢？艾瑞克用钢筋做了鱼钩，他把海豚肉套在鱼钩上，结果引来一大群鲨鱼争食，弄得海面翻出层层浪花，我举起相机拍下了这有趣的场面。

终于有一条大鲨鱼上钩了，它吞食了鱼饵便甩头游开，这使连接鱼钩的绳绷得笔直。上钩的鲨鱼在水中拼命挣脱，差点把拉钓绳的赫尔曼和科努特拖下海去，看来两个人的力量也敌不过鲨鱼，于是我们全部上阵，去拉那根钓绳。我们向怀里拉，鲨鱼向深海游，双方僵持了好一会儿，连木筏也被拉得倾斜了。但最后，六个人的力量压倒了鲨鱼的力量，那条鲨鱼被我们拽上了木筏，它再也凶狠不起来了，只能一边挣扎一边喘息，最后成了我们的盘中美餐。

我们继续在温暖的洋流上航行，大家对四周有这么多的鱼感到奇怪，生物学家本格特解释说："现在我们是在太平洋赤道海流上，上升的海水流把深海中丰

富的养料带了上来,浮游生物大量繁殖,这样引来了鱼虾吞食浮游生物,而它们又成了鲨鱼及凶猛鱼类的食物,这样形成了一个完整的食物链,所以这里的鱼就多了。"

这一天,我们木筏下面的一块木板松了,赫尔曼潜到水下去捆紧,不想在他捆好木板,刚要爬上木筏时,一条大鲨鱼出现在离他仅一米远的地方,而赫尔曼还丝毫没有觉察到。这时我吓得出了一身冷汗,来不及呼喊警告,便把我手握的一把鱼叉向鲨鱼的脑袋捅去,鲨鱼受此一击,翻了一片大浪,潜到深海里去了。赫尔曼到木筏上便紧紧地拥抱我,庆幸捡回了一条命。有了这次教训,我们便用竹子编了一个"潜水筐",凡是下海的人,都进入筐中以防止鲨鱼的袭击。

又过了一段时间,我们带的白薯在木筏上开始发芽长叶,这使我联想到,波利尼西亚人主食白薯,很可能是康提吉当年如此带去的。同时,我们带的椰子也成了树苗,还有其他一些植物,把小小的木筏装点成了一个微型植物园。

生活很乏味,我们六个高大的汉子,整天只能在十分狭小的天地里活动,真是憋得难受。于是我们在风浪不大时,分别乘上橡皮艇,离开木筏一段距离,好"出门"溜达溜达。这样我们还可以在远处欣赏一下我们生活了几十天的"家园"。在远处看,我们的木筏像个古老的草棚随波浪时隐时现。

我们经常分别出去溜达,但有一次差点出了大祸。那一次海上风浪较大,木筏前进很快,橡皮艇没有风帆,很快就落到了远处。尽管橡皮艇上的人拼命划桨,但距离仍然很大。我们想了很多办法,竭尽全力,才使小艇回到了木筏的怀抱。经过这一次的教训,有人再乘小艇出去,便系上绳子,连着木筏,万一发生意外,木筏上的人就可把小艇拉回来。

7月份的一天又发生了一次意外事故,托斯坦的睡袋突然被风刮到了水里,赫尔曼扑过去想抓住睡袋,没想到用力过猛一下子跌到了海里。一时间,大家都急坏了,只见赫尔曼在海水中一浮一沉,我们赶忙去取救生工具,赫尔曼也奋力地向木筏游来。眼看赫尔曼游近了木筏,双手也碰到了舵桨,可是他双手一抓,因舵桨太滑还是落进了水里。托斯坦、本格特和我急忙解开救生艇放进水里,科努特和艾瑞克也赶忙向水面扔救生橡皮袋,可惜因为风太大,连抛了几次都被吹回了木筏。这时赫尔曼更加奋力游近,但我们之间的距离却越来越大。千钧一发之际,科努特急中生智,抓起救生袋便跳进了水里,迎着波涛向赫尔曼游去,眼见两个人随着波浪时隐时现,最后两个人终于靠近了。赫尔曼疲惫之极,终于抓住了救生袋。这时,我们木筏上的4个人猛力抓住救生袋的绳子往回拖,总算使他们都回到了木筏上。

我们的"太阳神"号木筏在大洋上航行了45天的时候,离秘鲁和波利尼西亚

群岛各有 2 000 海里（约 3700 千米），位置正处于两地之间。

有一天傍晚，托斯坦掌舵的时候，突然发现了一件怪事。他双眼注视前方，只见橘红的太阳变成了绿色。托斯坦惊奇万分地大叫："快来看呀，绿色的太阳！"可是，当我们跑出船舱时，却什么也没有看到，我们都以为是托斯坦被晒晕了而说的胡话。然而，托斯坦却坚持说："这是千真万确的，古埃及便有绿色太阳的记载。当太阳西沉时，位于地平线上的太阳光，在空气透明度高、水蒸气极少的条件下，就会通过'大气透镜'，突然折射出绿光。"他的这番解释使我们将信将疑。

第二天傍晚，我们都聚到了舱的外面，看着红红的太阳慢慢降落，我还架好摄影机，准备拍下绿色的太阳。但是这天太阳仍然是红着脸下去的，我们没有见到绿色的太阳，一连几天都是如此，大家对绿色太阳的兴趣便削弱了。可是又有一天傍晚，托斯坦和本格特同时看到了太阳的绿光，等我拿出相机时，绿光又消失了。本格特说，只要空气透明度和水蒸气含量稍有变化，折射出绿光的条件便会消失。绿色的太阳确实是一种难得见到的奇观。

终于，在一个风和日

丽、天空一片湛蓝、没有一丝云的好天气里，我望着远方的落日，欣赏着夕阳映照下的海面，眼看大海吞没了大半个太阳，红红的火球即将消失的时候，那残留在地平线上的小半个太阳，突然喷出了绿色的火焰，美丽而又壮观。啊！我也看到了绿色的太阳！

漂流期间，我们带来的那只鹦鹉，给大家增添了不少欢乐。白天它在木筏上飞来飞去，还吊在绳子上做一些可笑的动作；到了晚上，它又会爬进笼子里睡觉。在我们的意识里，它已经不是一只寻常的鸟，而是我们木筏上的第七名成员。这只鹦鹉既给我们带来乐趣，也给我们闯过祸。有一次，托斯坦和科努特正在接收无线电，这时信号突然中断了，原来是调皮的鹦鹉把天线给咬断了。尽管如此，这只鹦鹉还是令我们喜欢。但是，这只鹦鹉没有陪我们走到目的地。有一天，它正从桅杆上顺着纤绳往下走，突然一个大浪从木筏尾部打上来，把它卷进了大海，等我们发现时，它已葬身大海。我们失去了一个很好的朋友。

在我们的全部行程中，西风一直没有停过，风力把我们的"太阳神"号推向目的地。通常风变小的时候，我们会张开所有能够利用的布块，来收集每一丝风。这样，我们每天航行的最短距离也可达 16 千米，折合每天的行程，我们平均每天可走 76 千米。

到了 7 月底，我们看到了远方的地平线上有一朵静止不动的奇异云团。根据气象学的知识判断，这云团的下方会有一片陆地，因为沙滩被烈日晒烤以后，会产生一股热气流，上升到较冷的

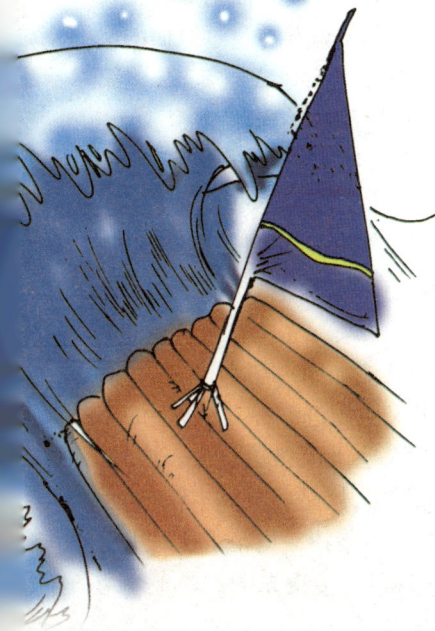

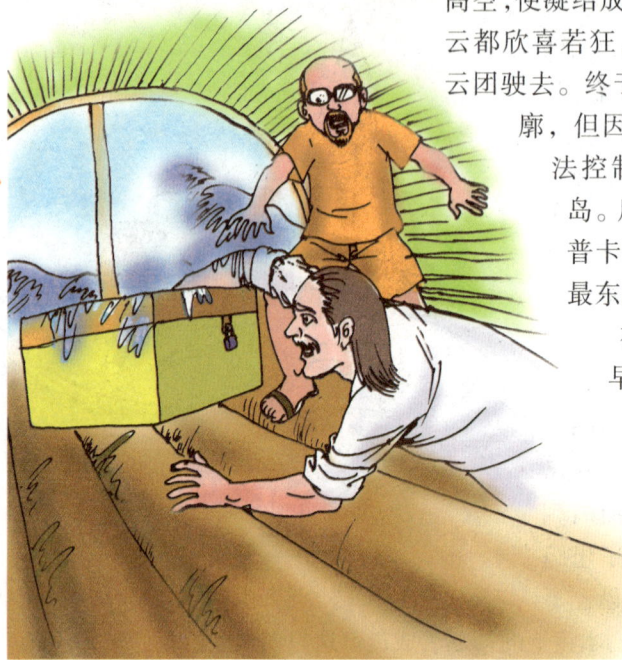

高空,便凝结成这种云。我们见到这团云都欣喜若狂,大家把舵桨绑牢,对着云团驶去。终于,我们看到了小岛的轮廓,但因为汹涌的海浪使我们没法控制方向,所以没接近小岛。后来我们查图得知,它叫普卡普卡岛,是波利尼西亚最东的小岛之一。

在漂流日程的第 65 天,早晨海面还是平静的,到了上午便波涛汹涌,我们的木筏被呼啸的狂风抛上了半空,逼得大家不得不使出全身力气抓牢木筏上的绳索。巨浪过后,一切又恢复了平静,可是中午 12 点,一股巨浪又从后面向木筏滚压过来,我们的"太阳神"号又一次被抛上半空,我们耳边的风声仿佛是木筏的呻吟。

我看到前面有三条巨浪如巨龙般此起彼伏地互相追逐,而后面则漂着长长一溜椰子,这情形告诉我:我们遇到了长浪!1910 年达尔文就曾有过这方面的记录。这说明我们现在所在的海域很浅,而且附近可能发生了台风或地震。果然第二天艾瑞克那条对变天很敏感的腿开始疼起来,我也觉得胸口闷得慌。

我提醒大家,必须趁着现在风平浪静来检修木筏,以防不测。于是大家纷纷冲出船舱,把布帆降下来,并且将木筏上所有的东西绑牢。我还要求大家把绳子的一头绑在腰上,另一头则紧紧地捆在木桩上。由于我们出海时间较长,所以我们的衣服都破烂不堪。我们六个大汉都是长须长发,赤膊半裸地站在甲板上,像六只被拴住的猛兽,等着风雨的来临。

果然一阵强风过后,暴雨倾盆而下,8 米多高的巨浪如同一堵水墙,向我们的"太阳神"号推来。我们一会儿被高高举起,一会儿又被抛进深谷。木筏上的东西都被打乱了,六个人也前仰后翻,一会儿被丢过来,一会儿又被丢过去。这时,木筏上的那只大木箱,像失了控的汽车一样,向大海滑去,这是一只标本箱,里面保存着几百件珍贵的标本,是生物学家本格特的宝贝。本格特一见箱子往海里滑去,便不顾一切地扑过去抓箱子,赫尔曼也赶紧过来帮忙,他抢先把一块布塞到了箱底,阻止了木箱的滑行。

我们的木筏在狂风巨浪的冲击下,好像一个软木塞漂浮在巨浪之中。大浪一个接一个地凌空而下,使我们的木筏阵阵颤抖,但始终没有散架。大量海水倾泻在木筏上,转眼间就穿过轻木的缝隙流回了大海。看来,波利尼西亚人的祖先利用轻木制造的木筏漂行,真是一项了不起的创造。

经过这场暴风雨,我们对风平浪静的海面格外依恋。风雨停下之后,虽然我们都疲乏地倒在甲板上,但看到大家都还活着,更觉得风平浪静的蔚蓝色海面美极了。只是我们的"太阳神"号已经被摧残得伤痕累累,风帆撕裂了,舵桨也碎了,移动的船板丢失了,桅杆上的绳子也快断了,轻木中间的缝隙大得可以掉下一个人。我们稍加休整,便振作了起来,我们相信,我们已经向成功迈出了一大步。我们把"太阳神"号修好,又向前继续挺进了。

在漂流的第80天,我们看到两只鲣鸟从西边飞来,绕着我们的木筏盘旋。我指着鲣鸟大声欢呼:我们离陆地不远了! 因为常识告诉我们,鸟类一般都在陆地沿海附近活动。我们的"太阳神"号与鸟儿为伴,漂行了好几天。有一天傍晚,鸟儿突然离开木筏上空向西飞去,这说明鸟儿是要飞回巢中,而鸟巢可能就筑在最近的岛屿上。我当机立断,"太阳神"号就随鸟群归巢的路线行驶。

到了漂行的第93天,我们看到前方出现了小岛的影子。木筏越驶越近,在霞光中,一个郁郁葱葱的小岛呈现在我们面前,我第一个冲出船舱,听到艾瑞克说,他查了海图,这是土阿莫土群岛的第一个小岛。

土阿莫土群岛上的居民发现了我们,他们点起烟火,向我们发出邀请上岛的信号。但是我觉得应该向波利尼西亚腹地前进,于是我们去岛上做客后又离开了。

在我们漂流的第102天,我们又看到了远方一座有无数椰树掩映的珊瑚岛。尽管当时的风浪很大,岛边也可能有无数的礁石会撞

到我们的木筏，但我们还是决定上岸。我们先把所有的东西都搬进船舱里绑牢，记录本和胶卷都放进了防水袋，我们每个人都穿上了鞋。同时我告诉大家，无论发生什么情况，我们都要紧紧地拉住木筏。这时候巨浪一阵阵冲击木筏，当最后一次浪峰盖顶而来之后，我们的"太阳神"号因为受到撞击而散了架，成了零块。所幸的是，木筏上的六个人都还活着。我们终于成功地离开了搁浅的木筏零块，越过礁石，快步登上了椰林岛。

我们在岛上非常激动，我们把手指插进滚烫的沙土里，饱尝岛上迷人的景色和空气。这个岛全长190米，是一个荒无人烟的小岛，我们在岛上庆幸我们8 816千米的漂流终于成功了！我们科学地证实了古代印第安人确实是采用这种方式渡过太平洋，到达了波利尼西亚彼岸。

过了几天，附近岛上的波利尼西亚土著居民发现了我们，他们派船把我们接到了腊罗亚岛，并向我们高呼太阳神的名字："康提吉！康提吉！"我们都感到很奇怪。后来他们告诉我们，我们木筏上的图案和字样漂到了腊罗亚岛，他们看到"康提吉"的图像和字样，这是他们祖先的名字和头像，于是他们便找到了我们。

岛上的居民为我们举行了盛大的欢迎宴会，酋长宣布接纳我们为腊罗亚公民。

密林虎啸

29岁的阿里是印度科尔贝特公园的饲养员，他饲养的大象名叫戈姆蒂。

1984年2月15日，他和工作人员屈士布赶着大象到野外，想寻找一些鲜嫩的树叶喂大象。他们在森林里的一条小溪边停下来，将大象用长铁链拴好，然后两人开始砍树叶。砍了一会儿，阿里发现东边有一棵繁茂的榕树，便独自离开小溪边，钻进灌木丛。

阿里爬到榕树枝头上砍树叶，正在这时，一只老虎恶狠狠地扑了过来。阿里吓得一跤跌落在地上，很快和那只老虎纠缠在一块儿了。老虎张着大口，朝阿里的后脑勺咬去，又将脖子轻轻一扭，阿里被抛到几英尺之外。老虎步步紧逼，阿里抓住一根树枝想遮挡一下。老虎扑上来，将两颗大虎牙扎入了他的脖子，血不断从阿里头上的伤口涌出来。

这时，老虎正忙着吞噬着那块从阿里头上撕下来的皮，阿里爬起来就逃。老虎伸出前掌猛击阿里的双腿，不让他逃走。老虎又进攻了，它将它的前掌朝阿里的两股扎去。阿里猛地伸出右手，从两颗露在外边的虎牙中间塞进去，揪住了它的舌头。老虎两颗锐利的虎牙向下咬合，扎进了阿里的手掌，一直咬到他的骨头。阿里的右手失去了知觉，他便攥紧左拳，朝老虎的眼睛猛击。老虎

挥动着前掌朝阿里劈过来，撕破了他的眼皮、眉毛，并揪走了下唇的一块皮肉。阿里向前爬着，老虎的牙齿又扎进了他的脊背，把他拖了一段距离又扔下。

阿里绝望地高声叫着："救命啊，屈士布！老虎要把我吃掉了！"

大象戈姆蒂驮着屈士布迅速跑来，闯到了阿里和猛虎之间。屈士布喊道："我不能下来，下来咱俩都完了，你快把大象腿上的铁链解开！"

阿里朝大象滚爬过去，尽力想解开铁链，可他的手被咬碎了，怎么也解不开。阿里又昏厥过去，昏迷中听到屈士布喊："老虎已看过你两次了！快解开铁链！"不远处，老虎不停地来回走动，它随时都可能再次进攻。阿里终于松开了锁着大象的铁链，大象发出一阵吹喇叭似的象鸣声。

阿里想这下完了，大象可能要逃。但是他估计错了，只见大象把头一直低至地面，阿里用双腿夹住象鼻子，大象将他举起来，让他从它的长鼻子和脑袋上滑过去。阿里挣扎着爬到象背上，大象便飞快地向通往管理处的大路奔去。老虎顺着地上的血迹穷追不舍，并不断地发出暴怒的吼声。

45 分钟后，忠实的戈姆蒂把阿里驮到了急救站，经过住院治疗的阿里又骑在大象背上回到公园。那只名叫"谢鲁"的雄虎最终落网，被送进动物园里。

单车闯天涯

喜爱探险，喜爱向极限挑战，并不只是西方人才有的精神。在中国，从古到今，也有不少意志坚强的探险家。

潘德明就是这样的一个人。他用了8年的时间，或骑自行车或步行，独自环绕地球一周。

起初，潘德明还有7个伙伴，这群年轻人本来只打算步行亚洲，途中有的同伴因病回去了，有的则因为意志薄弱而打了退堂鼓。

到越南河内时，只剩下3个人了。当地的华侨热烈鼓励和嘉奖了他们，这使潘德明下定决心周游世界。

但其他同伴并没有这个打算，于是潘德明买了辆自行车，驮上行李，独自上路了。单身一人的旅途中，潘德明不仅要忍受极端的孤独和寂寞，还得时时应付意想不到的种种困境。

在印度，潘德明遇到了老虎。当时天刚亮，在树上睡了一夜的潘德明刚醒来，忽然发现树下有一只斑斓猛虎，正"虎视眈眈"地盯着他！潘德明在吓了一跳后马上镇定了。他想了想，从腰间抽出锣槌，猛

击铜锣，"当——当——当"，响亮的锣声回荡在空旷的山林中。老虎吓跑了，潘德明也赶紧逃走。

老虎够吓人了，不过比起潘德明在欧洲克罗卢山脉的森林里遇到的蟒蛇，还算是"有惊无险"的。当时潘德明正在草丛中行走，一脚踏下去，踩到一条又滑又软的东西，摔了一跤。没等他爬起来，一条三四米长的巨蟒张开大口，一边喷射黏液，一边猛扑而来。潘德明想抓武器，但来不及了，大蟒尾巴一扫，就卷住了他的身子。潘德明马上感到呼吸困难，两眼直冒金星。忽然他想起，人们总说打蛇要打七寸，他便暗暗计算，并猛地挣脱双手，用力卡住蛇的"七寸"要害处，巨蟒居然放松了！而且渐渐软了下去。潘德明又卡了要害处十几分钟，之后又用棍子把蟒蛇的头打烂，才放心上了路。

类似经历又发生在澳大利亚，这次潘德明遭遇的是袋鼠。当时，潘德明开着自行车的灯在路上疾行，一个高大的黑影猛地撞来，竟将他撞昏了。不一会儿，潘德明醒来，仔细一看，才看出是一只肥壮的袋鼠，而且已经受伤了。原来袋鼠只要在夜晚看见灯光便会以为是敌人袭击，还好潘德明只是遇到了一只袋鼠。

潘德明的旅程也是美丽浪漫的。他见到了气势磅礴的金字塔，无数美丽的彩蝶奇观，晶莹剔透的珊瑚礁……而且所到之处都受到了人们的欢迎和赞誉。8年的旅程是孤单危险的，但能够领略到这个世界的博大和神奇，潘德明无怨无悔。

迪亚士发现好望角

500 多年前，葡萄牙小学生迪亚士看到书上说，人不可能超越非洲，非洲南面是大地的边缘，是个巨大的无底洞。迪亚士热爱探险，决心长大了一定要去看看。

迪亚士 20 岁时，当上了水手。1486 年，已经具有多年航海经验的迪亚士率三艘舰船，扬帆启航，要绕道非洲去东方，实现年少时的梦想。

船队沿着欧洲西海岸往南、再往南，越往前航行气温越高。有的船员得了伤寒，发高烧、说胡话。为了不使这可怕的传染病在船上蔓延，他们只得靠岸，把病人和医生留在海滩上，当然还留下了食物和水。船队冒着高温，继续往南前进，迪亚士一心要弄明白，非洲的南边究竟是什么？

天空是灰暗的，大海是铁青的，巨浪像无数恶魔，扑向迪亚士的船队。船漏水了，为了避

免沉没，迪亚士下令扔掉船上许多东西，堵住漏洞。船员们无不胆战心惊，迪亚士也不安地望着大海祈祷。

船队冒着被巨浪吞没的危险，渐渐接近非洲的最南端，再往前走就几乎没有陆地了，因为海水构成了一个连续不断的水带环绕地球。这儿没有陆地阻挡，常年刮着大风，海上掀着巨浪。迪亚士的三艘帆船在十来米高的浪头前，真是太渺小了，稍有不慎就会人船俱毁。迪亚士指挥着船队小心地一点一点向前航行，他仔细观察着前方，无底洞真的存在吗？

在风浪中，迪亚士忽然看到一个黑乎乎的角样的东西，挡住了左侧的海域，那是什么？难道这就是陆地的边缘？难道是大海里的怪物？大家瞠目结舌，害怕极了，把船也停下了。

迪亚士发怒了，大声下令："前进！靠近那个角！"他想，也许绕过它就可以绕过非洲，到达东方了！但是，在狂风巨浪中，船队一次又一次向前冲，一次又一次后退，始终没能靠近这个"风暴角"，失望的迪亚士率船队返航了。

后来，葡萄牙国王听了迪亚士的汇报，提笔把海图上的"风暴角"改成"好望角"。

10 年以后，另一位葡萄牙探险家以迪亚士同样的勇气，终于穿过了好望角，到达了东方。

海底探宝

很久以前，在地球上还没有飞机、火车这样先进的交通工具时，许多大规模的运输工作是依靠海上的航路来完成的。但并不是所有的旅途都会一帆风顺，一些载着奇珍异宝的商船也会沉入深深的海底。古代中国是商业活动极其繁荣的地方，中国的南海就埋藏着许多这样的商船。

这些宝藏吸引着探险家，他们研究和寻找沉船的记录，再去潜水探险，他们中一些有经验和胆识的人还因此发了大财。黑切尔就是其中一个，1985 年 3 月，他来到了中国的南海。

有过二十几年打捞经验的黑切尔已经不是第一次来到这里了，他已经在这片海洋中打捞出一艘日本战舰和一艘明代货船，所打捞上来的宝贝已经为他带来了几百万美元的财富。

这次，黑切尔想打捞的是"吉尔德麦尔森"号沉船。根据研究表明，这艘船是荷兰东印度公司的商船，1752 年从广州返回荷兰时触礁沉没，船上有 50 千克黄金，239 000 件中国瓷器和 343 吨茶叶。

四艘快船和一艘打捞驳船悄悄来到当年失事的海区，他们用最先进的仪器进行着全面搜索。然而两个月过去了，他们已经花了 40 万美元，依然一无所获。

没想到，就在他们放弃搜索的这天，一种仪器的显示屏忽然出现了一艘完整的船形图像！黑切尔和著名海洋地球物理学家马克斯一同下潜，打到一件凹凸不平的小东西，他们抹下去上面的海洋附着物，眼前出现了美丽和蓝色光芒。

经鉴定，这就是一件18世纪的中国青花瓷瓶。也就是说，"吉尔德麦尔森"号沉船十有八九是在那儿了！

5月，大规模的打捞开始了。潜水员发现了一只只柳条箱，打开一看，里面竟放着中国瓷器！所有人惊叹着：排列整齐完好无损的青花瓷器，包括碗、盆、盂、罐在内的一整套瓷餐具，最大的一套可供144人使用！而且这些瓷器上无一不绘着素雅的中国风景：小桥、流水、人家、牡丹、渔船……

正当人们仔细观摩着瓷器时，又一位潜水员在水下传来了欢呼："黄金！我找到黄金了！"不一会儿，这个潜水员回来了，他们拉开潜水服鼓囊的拉链，一个个金锭相继滚出。

就这样，深藏海底200多年的125块金锭重见天日，其中18块标有"南京马蹄金"字样，这就说明，他们找到的正是"吉尔德麦尔森"号。

第二年4月，这些打捞物品被拍卖，本身就昂贵的货品在经过233年后身价又提升了近900倍！当然，黑切尔还是收获最高的，他总共获利300万美元。

探险吃人部落

"到了!"看到葱茏林木内的几幢小棚房,宾斯基忍不住轻轻说。这位美国人类学家,经过 3 个多月的艰难跋涉与艰苦调查,终于来到了南美洲的圭马百部落境内——传说中的吃人部落。

"那个最大的草棚,据说是这儿部落首领的住处!"随行的土著向导轻轻说,说完便转身就跑,边跑边说:"我的任务完成了,再往前就会被吃掉,你们自己去吧!"这位胆小的向导竟连行李都不要了。

看着向导远去,宾斯基和他的助手们交换了一下眼神,表示谁都不会退却,

屏住呼吸趴在草丛里静静观察着。

他们距离草棚不到 20 米。草棚附近，赤身裸体的土著人走来走去，红棕色的皮肤上画着黑色条纹。

过了紧张的半个小时，宾斯基和他的助手们终于走出灌木丛，把武器丢在地上，用刚学会的土语反复说："我们是你们的朋友。"

土著人被突然出现的 4 个白种人吓了一跳，年轻男子都不约而同地发出类似野兽的低吼声，拉开弓、搭上毒箭，虎视眈眈地瞄准了他们。

宾斯基知道，如果此刻转身就跑，只会是死路一条。于是他果断地向前走几步，紧贴住一位弓箭手的胸膛，笑着重复道："我们是你们的朋友。"说着，从口袋里掏出个小镜子塞到弓箭手手里，作为礼物以示友好。他的助手也忙效仿，把准备的小礼物送到土著人手中。

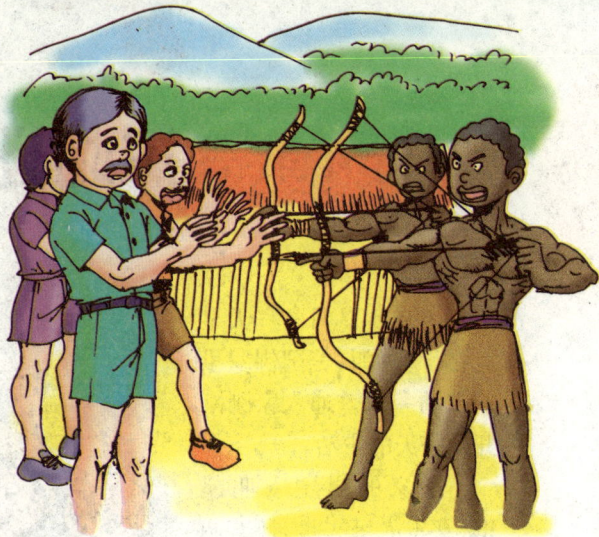

弓箭手看着从未见过的新奇小玩意儿，放下了弓箭，有的还笑着拍拍宾斯基的肩膀。眼看危险就要消失了，突然一位身披豹皮、头插鹰毛的中年男子出现了，弓箭手又搭上箭，包围住了4位白人。宾斯基想，来的一定是首领，看来得献上一份"厚礼"。当那男子走近他时，宾斯基忙解下腰中漂亮的刀，双手呈上。首领端详了一会儿刀，露出满意的神情，嘴里说道："托阿拜。"

宾斯基和助手们莫名其妙地跟着首领走，心中充满了恐惧，首领来到一条小河边，示意下河共同洗澡，宾斯基心想：一定是洗干净好吃我们，这下完了！

过了几天，宾斯基才慢慢知道，"托阿拜"是"去洗澡"的意思，这只是此地的一种欢迎仪式而已，这位美国人类学家曾在一日内被邀请洗了20次澡。

后来的日子，宾斯基和助手们与土著人相处得越来越融洽，并没有被吃掉。

原来，这个部落以前的确是吃人肉的，但5年前一位聪明人当上首领后，发现这样做只会增加仇恨、减少人口，便禁止了这种做法，现在他们的食物是兽肉、野菜、昆虫和玉米。

探险迷宫

1991 年 7 月的一天早上，天气晴朗，美国佛罗里达州的一户普通人家刚刚开始一天的生活。

这家的男主人叫凯里，女主人已去世，还有两个男孩子蒂姆和图迪，此刻他们正在用早餐。

凯里边吃东西边翻看着早报，忽然他看到一则消息：弗吉尼州西部发现了一个石灰岩大洞穴，洞内乱石成堆、狭径曲折，人称"迷宫"。报上还说，凡进去的探险者，最多只能深入洞内 400 米。

凯里一家都是洞穴探索爱好者，他马上把这个消息告诉了正放假的两个孩子，决定一起去那儿探险。

7 月 18 日上午，他们终于来到这个叫"新鳟洞"的洞穴。父子三人戴上有顶灯的头盔，走进了漆黑一团的洞穴中，头顶的电石灯发出微弱的光芒，在黑暗的洞穴里闪烁，随着深入洞穴，洞内的气温也不断下降，凯里借着光看温度计：只有 12 ℃。

走了不远，他们来到洞中"迷宫"的入口，但是忘记了在那里的登记本上留名。进入迷宫约 60 米，前面出现了一道急转而下的陡坡。凯里三人手拉手，小心翼翼地爬过去了，但又碰到一处极窄的小隧

道,只允许一个人勉强爬过,凯里决定把背包留在隧道上。这样又走了60米左右,蒂姆的顶灯忽然开始闪烁不定,过了2分钟就熄灭了。凯里意识到,如果所有的灯都熄灭了,那就无法回头了,于是他决定趁还有两盏灯亮着,赶紧踏上归途。

但在回去的路上,左拐右拐,抓高上低,连经验丰富的凯里也找不到进来时的路了,眼看着周围的路越来越陌生,而头顶的灯光越来越昏暗,凯里的心越来越沉重。

当最后一盏灯也终于不再闪亮时,父子三人仍陷在迷宫似的洞穴里。凯里这才记起他留在隧道口的背包,那里有食物、水、电石、蜡烛等必需品。

没有食物、水和光明的支撑,寒冷的洞穴显得更加寒冷,父子三人紧紧偎依在一起,越来越虚弱。

这样过去了整整5天,三人都陷入了昏迷中,偶尔醒来也在谈论着天堂与死亡。谁知就在第5天深夜,他们忽然听到有人喊他们的名字,忙用沙哑的喉咙回应着。

原来,住在附近的居民看到他们开来的车在公路旁停了好几天无人问津,便告知了警方,警方经过核查发现了父子三人的行踪。得救后的凯里一家躺在病床上,虽然身体十分虚弱,但意志仍很坚强,他们已经开始兴致勃勃地制订下一次探险计划了。

从魔鬼三角区逃生

晴朗的日子里,海上的夜是美好的。亨利船长在甲板上漫步。这是一艘2 000马力的拖船,此刻它正缓慢地行驶在美国东南沿海的大西洋海面上。亨利船长发现小水手约翰趴在船舷上眺望远处,就轻轻走过去问:"小伙子,今晚怎么听不到你们唱歌了?"

约翰愁眉苦脸地回答:"船长,他们都说明天要过百慕大三角了。听说那是个可怕的地方,从1945年起,不少人死在那儿,人们都把那儿叫'魔鬼三角区'呢!"

亨利船长笑了:"别担心!咱们有艘马力强劲的船,天气又这么好,我们又都是好样的,现在是1966年,我们的技术也更先进了,去睡吧!"

约翰笑着回船舱去了,亨利船长的笑容却慢慢消失。

第二天果然又是个阳光明媚的好日子。上午,亨利船长飞快地翻着画报,突然外面乱成一片,船长心一沉,奔向驾驶台。罗盘上的指针沿着顺时针方向飞速旋转着!就像有魔

鬼拨转一样。船长知道，一定是进入"魔鬼三角区"了。这里一定有个大磁铁矿，才会发生这种事，他向外望去，只见海水好像正从四面八方涌来，看不到天，也看不到地平线。

"不要慌，开足马力！"船长大喝一声。"往哪个方向？"大副喊道。"笨蛋，不管哪个方向，只要能逃出这个鬼地方！"船长说，并亲手开起了船。

"雾！有雾！怎么会有这么大的雾呢？"船长听到外面有人喊，就应声望去，好浓的雾啊！几米以外什么都看不见，有的水手开始号啕大哭了。是啊，大晴天怎么会有雾？船长也有些心慌意乱了，大副在一旁提醒说："亨利船长，你为什么开得这么慢？"船长这才发现此刻开船已经非常困难，任你马力开得再大，船的行驶速度却不见上去。而且速度越减越慢，就像有一只无形的手在把船往回拽。

此时，甲板上已经是哭声连天。"哭有什么用？"亨利船长把舵交给大副，走上甲板："现在，只有自己才能救自己！威廉、麦克、肖恩、约翰，进驾驶室帮忙，其他人及时汇报身边的情况！"

水手们擦干眼泪，振作起来，同那无形的力量开始了"拔河比赛"，这是一场生与死的较量。

拖船艰难地前行着，忽然舵手感到一阵轻松，罗盘也恢复了正常，眨眼间他们已经冲出浓雾。"太阳！"甲板上同时传来一片欢呼，世界又恢复了本来面目。

独自漂泊 133 天

    1943 年 5 月 18 日晚上，在巴西一家医院里，22 岁的潘濂凝视着镜子里的自己。经过 45 天的精心治疗，他终于恢复了健康，刚入院时皱得像 80 岁老人的皮肤终于重新焕发出年轻的光彩。

    关掉灯，潘濂躺在被月光照满的床上，多么安宁的世界啊，对于一个独自在海上漂泊了 133 天的人来说，它显得更加美好。"133 天。"潘濂自言自语，陷入了回忆……

    1942 年 11 月 23 日，正在吃午餐的中国水手潘濂被两声巨大的爆炸声惊动了，他马上意识到自己所在的英国货轮遭到了德国潜艇的袭击，自从"二战"海上战场开辟以来，每天都有这种事发生。

    船开始猛烈下沉……冲上甲板的潘濂下意识地抓住一块破木板……他是幸运的，船翻不久，就爬上一个大救生筏，而且居然在第二天发现救生筏的角落里有一罐清水，还有一罐食物！潘濂兴奋地数着：1 千克巧克力、5 罐炼奶、1 袋大麦糖、1 瓶柠檬汁、1 瓶麦乳精、6 大盆硬饼干……他又把一块发现的帆布挂在救生筏上，遮挡阳光。

    起初的几天，潘濂还过得挺滋润，每过一天就用绳子结一个结，等到绳子出现第 33 个结时，食物和淡水已所剩无几了。必须想新的办法。首先要解决的是淡水问题。潘濂灵机一动：帆布篷不是正好可以收集雨水吗？淡水的问题解决后就是食物的问题了。有了！可以钓

鱼吃！潘濂想尽办法做了一个难看但结实的鱼钩。

第二天，经过漫长的等待，潘濂终于钓上一条小鱼。他先试着尝了尝生鱼肉，但那太难吃了，以致他翻肠倒肚地呕吐起来。终于他想起自己还有一大堆盐，于是便用盐将鱼肉腌起来。没想到这样做出的咸鱼干挺好吃，比起吃了1个多月的硬饼干，简直是上等美味。

但是，小鱼钓起来费时，成果也不显著。潘濂想，能不能做一个大一点的鱼钩，让大鱼上钩呢？他的目光落在木筏里的大铁钉上，于是虚弱的他整整"工作"了一夜，第二天又用牙将钉子拔了出来！

食物和淡水虽然勉强能维持生活，但海上的风暴却是猝不及防的。漂泊第100天的晚上，大海掀起的风暴将木筏和木筏上的潘濂折腾得死去活来，淡水也被打翻了，无奈中潘濂只好喝自己的尿维持生命。这样过了10天，一场小雨滋润了他，终于使他又一次从死神手中逃脱，并终于登上了巴西沿海大陆。

潘濂惊人的勇气和毅力让世界震惊了。每当回想起这段往事，他便自豪地说："我希望我的遭遇可以证明，中国人同其他国籍的英勇水手一样，能够对付任何艰难和困苦。"

骑马去旅行

"骑马旅行"的故事发生在1982年。选择骑马这种最古老方式去冒险的是两位法国的冒险家——中士卡沙德和模特儿法兰高妮。他们于7月的一天从法国西部出发，一路东进，目的地是沙特阿拉伯。艰难的旅程开始了。

当二人来到土耳其高原时，专找艰难的路走，但不久他们发现自己迷路了，放眼望去周围到处是石丘、石坡，没有人烟。

当时烈日如火，把卡沙德和法兰高妮晒得浑身无力，只好躲在马的影子里乘凉，马儿也有些吃不消了。即使这样，晚上他俩吃着有限的干粮，依然谈笑风生。在他们看来，人生的最大乐趣不在安逸而在于艰苦中的奋斗。

接下来的三天，他们都没能走出荒原。这时，法兰高妮想出个办法：用石块拼成大的"SOS"向飞机求救。此刻卡沙德已经衰弱得无力动弹了，法兰高妮便自己搬着、垒着。这样过去了三天，到了第八天，土耳其山民发现并救了他们。告别了土耳其山民，卡沙德和法兰高妮继续上路了。

一天，在经过叙利亚时，他们又遭遇了劫难。当二人在密林的小径中前行

时,忽然蹿出几个蒙面大盗用枪指着他们。两位冒险家吓了一跳,"钱,全交出来!"为首的大汉对卡沙德凶狠地说,又指指法兰高妮:"还有她!"

怎么办?卡沙德只是想,死也要保护好法兰高妮。就在这时,他俩的马儿像通了灵似的,同时昂首跃起,向歹徒猛扑过去。歹徒被这突如其来的袭击吓坏了,不知如何是好便乱了阵脚。趁这时,两匹骏马夺路而奔,等强盗回过神来举枪射击时,马儿早跑远了。

当然除了危险,卡沙德和法兰高妮的旅行还是充满了阳光和友情的。比如在约里,因为那里的公主雅尼娅也爱骑马,他们受到了国王的款待,公主在听了他们的冒险经历后,还送给他们两副马鞍。

经历了马背上的 20 多个月,卡沙德和法兰高妮终于在第三年的 11 月到达了沙特阿拉伯。当地政府不仅热情地接待了两位法国冒险家,并把他俩的照片发给各地,方便二人参观。在沙特阿拉伯,两人又骑马横穿了沙漠,并结识了许多游牧部落的朋友。因为对叙利亚遭劫的经历还心有余悸,回程中他们绕道而行,乘船横渡地中海到希腊,又经过意大利,回到了法国。

卡沙德和法兰高妮,勇敢而充满浪漫精神的法国冒险家,创下了骑马旅行两万多公里的世界纪录。

97

挣扎在活火山口

1992 年 11 月 21 日,夏威夷的基拉韦厄火山口中盘旋着一架直升机。这座世界上最活跃的火山,近 10 年来喷发出的熔岩吞没过许多村庄,火山口底部比三个足球场还要大,火山口中总是热气腾腾的,好像时刻都要喷发出滚烫的熔岩。是谁在这样的火山口冒险呢?

原来,这些人是为拍电影而来的,直升机上有摄影师迈克尔·本森,摄影助理达迪和驾驶员霍思金。

本森和达迪被火山口底部龟裂凹凸但壮观异常的景象吸引住了,不停地拍摄了几个小时。忽然,他们听见霍思金惊叫一声:"发动机熄火了,我们在往下掉!"此时,飞机距离火山的高度只有 100 米,而飞机下坠的速度却已经达到每小时 20 000 米。霍思金赶紧在火山口左侧寻找到一块平地迫降,迫降虽然成功了,但无线电系统被震坏了,他们怎么取得援助呢?

"爬出火山口!"本森说,此时他们都被火山口浓烈的硫黄味熏得直咳嗽,岩石也灼热难当。但是,爬出火山

口太难了，虽然离火山口顶部只有 100 米，但到处是怪石林立，悬崖峭壁，这得爬到什么时候？

这时，霍思金提出回去修无线电，不顾本森的阻拦，他往下走去。因为缺氧，他在修理过程中不得不一趟趟爬上 20 米的高处呼吸空气。艰难地度过一个小时后，电路终于接通了。

这样，下午 2 点半，一位有抢险经验的直升机驾驶员唐·希勒赶到了出事地点。霍思金被告知用无线电指路，希勒在浓雾中穿行，终于发现了失事的飞机。他通过电台对霍思金说："我不能靠得太近，你朝飞机发动机的声音方向跑。"

就这样，霍思金得救了，但本森和达迪仍在火山口中。浓雾重重，在空中根本无法看见他们俩。

更多的人接到消息后，参与了救援工作。火山公园管理员乔德和尼尔爬向火山口边缘，发现本森和达迪的声音就在他们正下方。但是地层太疏松，而且毒气太重了，登山绳上的不锈钢卡子都被腐蚀，乔德和尼尔戴着防毒面具寻找，但都失败了。

天黑下来，人们只好返回营地，而本森和达迪则度过了又冷又饿的一夜。第二天一早，达迪受不了了，他奋力向上爬去，即将到顶时，碎石疏松，手插进去直到肘部。但达迪已经豁出去了，他一用力，没想到成功了！他走出了火山口。

　　第三天早晨，绝望的本森才得以获救。全靠卫星导航系统的高科技和又一个驾驶员汤姆高超的技术，他才抓住了第三次投下的吊篮。后来，本森得知自己虽没能保留珍贵的胶片，但是创造了在活火山口中停留 48 小时的世界纪录。

与狼共舞

　　故事发生在 1941 年春天。美国青年艾尔只身一人来到美国最北端的阿拉斯加州朴里安诺夫岛。

　　艾尔充满好奇地走在森林与沼泽中，欣赏着四周的美景。不知不觉，他走出了一片森林，来到一片布满青苔的沼泽地上。他一抬头，却发现前方 20 米左右处站着一匹大阿拉斯加林狼。

　　艾尔被吓呆了，等他回过神来却发现狼也原地未动。怎么回事？他定睛一看，发现大狼的一只脚被猎人布下的捕兽器夹住了。静静观察了一会儿，艾尔横下心，一步步向大林狼走去，没想到狼真的也害怕人会伤害它，一点点向后退缩。等走近了，艾尔发现这是匹母狼，因为它有着胀满乳汁的乳房。于是，艾尔肯定这附近有一窝饥饿的幼狼。

　　艾尔决定帮助母狼，可他又不敢冒险把母狼救出来。他只有去寻找狼崽，把这些没有危险的小东西带到母狼身边。

　　经过一番寻找，艾尔终于找到了狼窝。他学着母狼的叫声，叫了很久，一只小狼才小心翼翼地探出头来，却又怯生生地看着艾尔。艾尔就像哄逗婴儿那样，伸出一个手指，小狼竟也同婴儿一样吸吮起艾尔的手指。就这样，四只小狼全出来了，艾尔把它们放进一只大口袋，背到母狼附近，放开了它们。

放了幼狼，母狼依然凶狠地盯着艾尔，充满了敌意。看来它还是不敢确定这个人是否会威胁到自己和孩子的生命安全。艾尔看着拼命吃奶的狼崽，决定去给母狼找点吃的。

在一片未化的雪地里，艾尔找到了一只冻死的鹿，够母狼吃上好几天的了。这一次，艾尔先喂了它一只鹿腿。

天渐渐黑下来，艾尔自己也说不出为什么，不愿离开这里，他甚至产生了与狼交友的愿望。

于是他搭了个棚子，就在母狼附近住了下来。

第二天早晨，艾尔被惊醒了，他感到有毛乎乎的东西蹭着他的脸。原来是四只小狼，它们已经把艾尔当成了朋友。

起初，母狼还持谨慎的态度对待艾尔，随着艾尔的一步步靠近和对小狼一天天的喂养，它的态度也慢慢缓和起来。直到有一天，艾尔放大胆子，终于勇敢地将它从捕兽器上放出，它居然恋恋不舍地围着艾尔转起来。艾尔看懂了母狼的意思，他跟着母狼，来到深谷中狼的天地，与狼群共处了一天一夜。

据说，时间过去了4年，艾尔又回到这里，那只母狼又出现在他面前，他们彼此都还记得。

征服海沟

在日本岛和美国关岛之间,有条马里亚纳海沟,深达11 000米。美国海军曾经向这里投下炸药,海底的爆炸声波14秒以后才被接收到。这个地球上最深的海沟,是探险家神往的地方。

1960年初,美国一艘科学考察船从关岛出发,准备向马里亚纳海沟挑战。年轻的美国深潜专家皮卡尔成为这个海沟探秘第一人!

1月23日早上8点23分,皮卡尔和海军中尉沃尔走下科学考察船,进入

"的里亚特"号深潜器,向海底潜去。

"的里亚特"号是皮卡尔的父亲——一位老科学家设计的,它的外观是一个直径两米的耐压球,能承受 1 500 个大气压的压力,这次探险也凝聚了这位老科学家的心血和希望。

下潜 3 小时以后,深潜器到达 7 900 米深海。皮卡尔打开照明灯,可是观察窗外什么也没有,他们好像处于虚无缥缈的太空中。

潜到 10 000 米深,一些既像水母又像海蜇的东西出现了!皮卡尔惊喜地向地面报告:"我们发现了生命……"快要接近海底时,无线电话突然中断了,皮卡尔紧张了。

12 时零 6 分,"的里亚特"号轻轻触到了海底,皮卡尔大喊:"我们成功了!"一条长 30 厘米、宽 15 厘米的扁身躯的鱼游到观察窗前,拍打着有机玻璃,好像在向他们问好。

皮卡尔迅速按动照相机的快门,他要用这一事实来解答海洋生物学家长期以来关于万米深海有无生命的争论。

皮卡尔和沃尔在这万米的深海底测量了海水的温度,测定了海底的放射性,同时观察到海底没有水流。考察中,电话突然通了。原来刚才是一群密集的浮游生物阻碍了声波,导致电话中断,闹出一场虚惊。皮卡尔立刻把到达马里亚纳海沟底的喜讯报告了美国海军部和白宫,从水面上传来了热烈的祝贺声。

在这里,深潜器承受着 15 万吨的压力,金属壳体直径被压缩了 15 毫米,观察窗出现了细微的裂纹。为了防止意外,他们只在沟底停留了 20 分钟。

皮卡尔按下压载抛出电钮,一束铁丸被抛向海底黄色的沙面,"的里亚特"号像气球升空一样,3 小时以后,浮出了海面。

荒岛谋生

1785 年，一艘日本货船正航行在太平洋上。突然，船碰到礁石，前舱被撞破，海水灌了进来，船员们纷纷跳海逃命。水手长平、音吉等四人被海浪冲到一个荒无人烟的石头小岛上，他们搜寻了半天，终于找到了一个可以安身的溶洞。岛上没有食物，他们就捕捉海鸟充饥。但是没有火种，生鸟肉难吃极了。他们在海边插了一根拴有白色短裤的木棍，希望过往船只能看得见。

　　天气变凉了，海鸟已无踪影。长平从破船板上取出一枚铁钉制成鱼钩，四人轮流钓鱼，靠钓来的鱼维持生命。艰难的生活使四人都瘦成了皮包骨，疾病又开始侵扰他们。冬天来了，刺骨的寒风将他们困在溶洞里，两个伙伴终于坚持不住，相继死去。只剩下长平和音吉两人了，他们俩搜集鸟的羽毛做成衣服御寒。鸟羽太少了，无法编制成两件衣服。音吉一阵心酸，哭叫着跑向断崖，纵身跳了下去。长平每天都在乱石堆成的三人坟墓边呆坐许久，他十分孤独。冬去春来，日出日落，长平的头发已长到腰际，胡须飘在胸前，形同鸟兽。

　　一天，他突然发现海滩上有人的脚印，顿时激动得浑身哆嗦。他顺着脚印来到石崖下，这里的七个人见到他都大吃一惊。

　　原来又有一艘遇难船上的水手被冲到了这里。老船长把唯一的一个饭团递给长平，长平吃下去立刻呕吐起来，他的肠胃已不适应米饭了。他们在海滩上垒了一个大柴堆，规定无论谁发现船只，马上点火求援。岛上的人多起来，长平又看到了生命的曙光。

　　一天，他们发现一只鸟脖子上拴着稻草绳，老船长断定它是从有人烟的地方飞来的，于是大家开始做些小木牌拴在鸟身上，牌上写着各自的名字和小岛的位置。几只小鸟带着木牌，带着他们获救的希望飞上蓝天。又一个漫长的冬天过去了，鸟儿重新飞回来，他们在鸟群中寻找，却不见那几只挂木牌的鸟。

大家绝望了，又有三个人在绝望中死去，现在岛上只剩下五个人，他们天天坐在海边眺望。这天，海水又将一些遇难船只的残骸冲到岸边。五个人将一些完好的木头捡起来，准备造船。他们把石头磨成锯子、斧头等工具。经过三个月的努力工作，一艘小船造好了。大家又搜集鸟羽做成衣服，遮挡身体，将身上的衣服脱下来，拼接成一张帆。小木船撑着一面五颜六色的怪帆下海了，大家欢呼起来。

他们在海上与风浪搏斗了两个月，终于看到了日本的国土。回到日本后长平才知道，他已在荒岛上生活了12年。

第一次飞越大西洋

1913年4月1日，英国《每日邮报》刊登启事：愿奖予第一个飞越大西洋成功的人一万英镑。

消息立即引起英国各界，尤其是航空界人士的极大兴趣。依照当时的技术条件，做这样一次飞行是十分危险的，但跃跃欲试者仍不乏其人。

在第一次世界大战中，英国至少有12种型号的军用飞机，已具备飞越大西洋的潜力。经过一段时间的酝酿和准备，英国四家飞机公司准备参加这次竞赛。这四个小组都选择由纽芬兰飞越大西洋到爱尔兰的路线。这条路线最短，仅3000千米。

英国对这次飞越寄予厚望，报刊不惜篇幅，在显要位置予以报道。趁这股热潮，5月18日下午，便有两个飞行小组先后从圣约翰斯出发，但都失败了。

与此同时，维克斯飞机公司的飞行小组于1919年5月中旬到达纽芬兰圣约翰斯。在克服了一系列困难后，6月9日，阿科克和布朗驾驶的"维马"号飞机第一次试飞成功。

"维马"号是一种专为第一次世界大战设计的轰炸机，它的驾驶舱顶部是敞开的。

6月13日，天气很好，阿科克和布朗决定正式起飞。由于场地不平，飞机滑行时，轮子陷于泥草地中，震碎了防震器，这次飞行被迫中止。第二天，他们一早赶到起飞机场，不料陡起狂

109

风,把飞机抛起,撞断了油管,耽误了出发时间。同日下午4时,阿科克和布朗重新跨入驾驶舱,挥手向人们告别。

"维马"号在简陋的跑道上摇摇晃晃地滑行了900米,"嗖"的一声,昂首飞向天空。在起飞的头两个小时里,事故接连发生。最初无线电发电机失灵;接着火苗从右引擎中冒出,但引擎依然运转着,火苗也很快熄灭了;高空严寒使阿科克的护目镜失去作用,他忍着被强风吹袭的剧痛,操纵着飞机;晚上加油器又坏了,两人又冷又饿。

将近午夜时,布朗看到了北极星,他估计已飞了全程的一半,才稍稍松口气,吃些三明治充饥。次日破晓,大西洋上空阴云密布,阿科克沉着镇定地驾驶迷失方向的飞机离开险区。突然引擎失灵,飞机速降,正当他们准备跳伞时,飞机引擎重新起动,终于化险为夷。

一波才平,一波又起,冰雹和雪片从高空袭来,顷刻间座舱里落满雪片。机舱和两翼都结了冰,进气口也被冰雪堵住,飞机艰难地行进着。布朗不顾危险,连续六次跨出座舱,用刀子刮除进气口的冰雪,使飞机转危为安。

凌晨6时,阿科克操纵飞机爬高,想让布朗欣赏一下大西洋的日出美景。不料飞机一升高,机身就蒙上一层冰。不一会儿,右引擎停火,进气口又被堵住。阿科克立即关闭所有引擎,将飞机滑到150米高,使机身上的冰块在高温中自然融化。他两次发动引擎,继续飞行。

计算时间和航程,飞机已离爱尔兰不远了。

突然,在机翼的右前方,爱尔兰沿海岛屿展现在洋面上,小城克利夫顿也展现在眼前。阿科克看到下面有一块宽阔的平地,人们正伫立着向他们招手示意,他便驶向那里降落。

1919年6月15日上午8时左右,阿科克和布朗历尽艰险,终于征服了大西洋。

冰海脱险

1914年10月,英国探险家沙克尔顿率领28位科学家乘"持久"号考察船来到南极。就在他们将要登陆时,气温骤降,海冰将"持久"号围困住了。

11月过去了,迎来了南极短暂的夏天,海水开始融化,他们终于可以启航登陆了。突然,一块锋利的融冰却将"持久"号底舱撞碎了。船员们只好弃船到附近的冰块上落脚,眼睁睁地望着海水将考察船吞没,南极大陆可望而不可即,他们只好在浮冰上搭起帐篷,用三条小船捕捉海豹和企鹅作为食物。

转眼又过了漫长的五个月,浮冰随着海流向北漂浮了9 600公里,离象岛不远了。

有一天,随着一声巨响,大家立足的浮冰开裂了。他们急忙将小船扔进冰冷的水中,在浮冰之间慢慢朝象岛划去。成群结队的虎鲸围着三条小船,闹腾得水花四溅。大家一边躲浮冰,一边举起标枪、船桨驱赶虎鲸。

五天后,他们终于到达象岛,总算脱离了危险。可船员们的情绪马上消沉下来,原来象岛是一个光秃秃的孤岛,离救援队还有2 500公里。沙克尔顿决定驾驶一条小船到东北方向1 400公里处的南乔治亚岛去求救。他组织大家燃起海豹油,把冻得硬邦邦的帆布一寸一寸地烤软,然后缝成一个风帆。

小船载着沙克尔顿等六人和30天的食物启航了。风浪不时把冰冷的海水吹进小船,必须有两名船员不停地往外掏水。就在小船驶近南乔治亚岛时,海上刮起了飓风,小船被吹得团团转。六名船员拼死稳住船舵,与风浪搏斗,海岸就在眼前,但怎么也靠不上去。直到第二天天黑时,他们才在一个小海湾里上了岸。

他们的运气太糟了，上岸后才发现，他们要求救援的捕鲸站在岛的另一头。疲惫和沮丧使六个人都累得爬不起来，沙克尔顿只好组织大家搭帐篷原地休息几天。船上携带的食物已所剩无几，他们又不得不捕杀海象、信天翁当作食物。

恶劣的气候和严重缺乏维生素使三人病倒了，沙克尔顿只好安顿他们住下，他带着另外两个人开始横穿南乔治亚岛去找捕鲸站。他们在寒风中爬着、走着，翻过一座1 200米的高山，面前又出现一个险峻的山坡，爬上这个陡坡又用了一天，天黑时，他们到达了山顶。

望下去一片白茫茫的雪坡，根本没有下山的路，若在山顶过夜肯定会被冻死。沙克尔顿借着星光辨别指南针对准的方向，准备滑雪下山。黑夜之中看不清前方是断崖还是险坡，为了尽快到达救援站，他们手拉手毅然向下滑行。不知跌倒了多少次，他们终于滑到了山脚，身上的衣服已经磨得破烂不堪。

当他们衣衫褴褛地出现在救援站时，竟将那里的人们吓了一大跳。12小时后，救援站的一艘捕鲸船救回了那三名生病的队员。

驾车环球行

1985 年,上海青年雷建共考上了美国某大学的博士生。这时,从小就想驾汽车环游地球的念头又涌上心来。于是,雷建共开始阅读有关书籍,办理签证和汽车入境手续,购买各国地图,学习拆车、装车、修车,考国际驾驶执照,打工挣钱筹集费用,还买了部旧"丰田"车……

这一切准备工作花了三年时间。

1989 年 2 月 20 日,雷建共在丝丝细雨中,从印第安纳州的布卢明顿市平静地驾车出发了。

雷建共驱车东行,横穿美国,过海到葡萄牙,然后进入西班牙,再连人带车乘船南渡直布罗陀海峡,进入摩洛哥。过西班牙边境时,因为车速过快,边防人员没看清车后牌照,当即要举枪射击,幸亏他及时刹车做解释,好险哪!

3 月底,雷建共驾车经过安道尔时,他那满是尘土的汽车引起了警方怀疑。搜出的人参粉被当作毒品,经过化验,误会消除,才被放行。

雷建共驾着"丰田"游巴黎、过德国、穿越中欧和南欧进入土耳其。在土耳其,他遭到几个无赖的抢劫,几乎陷入绝境。不过世上毕竟好人多,在巴基斯坦,当地人涉水抬车,帮雷建共从洪水中脱险。

6 月,雷建共进入中国领土,上了喀喇昆仑山,高山反应使他头晕呕吐,几乎翻车。7 月,雷建共驾着伤痕累累的"丰田"到了故乡上海,然后取道日本,最后在美国西海岸登陆,9 月 21 日回到原出发点。

雷建共在 7 个月里,历尽艰辛,经过美、欧、亚、非四大洲 32 个国家,实现了他少年时的梦想。

在雷击后生还

莫瑞是个徒步旅行爱好者，一次，她来到罗斯福国家森林公园散步。

途中下起了暴雨，莫瑞正要支起雨篷，突然一道闪电划过，击中她手里的金属架，刹那间，莫瑞被一团光包围，强大的电流穿过她的身体，她一下被掀翻在地，全身肌肉抽动，接着她昏了过去。几分钟后，她被自己身上的焦煳味呛醒，才清楚发生了什么。她意识到必须出去，否则她会死去，可她的两条腿已不听使唤。于是，她用双手撑起身子，艰难地向远处的道路爬去。泥水糊住了她的眼睛，石砾割破了她的双手，可她仍坚持爬呀爬……

几天后，在医院里，莫瑞睁开眼睛。人们告诉她，她爬了 1 500 米后，遇到两位伐木工人，把她送进了医院。

与狮子相伴 50 年

1986 年 2 月 9 日，生物学家焦尔季·亚当松在非洲草原上度过他的 80 岁生日。为他庆祝生日的有弟弟吉连斯和助手们。夜幕降临,生日蜡烛点起来了。

"你们知道吗？"吉连斯一边大嚼着糖果一边对年轻的助手们说,"我哥哥已经陪伴野狮工作生活了 50 年！""50 年！"他的话勾起了助手们的兴趣,虽然他们也为保护野狮工作着,但对这位老哥传奇的一生并不了解,于是他们都请求焦尔季讲讲他的故事。

80 岁的焦尔季老人微笑着,从 50 年前那次狩猎的经历开始讲起。

当时,30 岁的焦尔季已经学会了辨别野兽等多方面的知识,是一名经验丰富的猎人。一天他跟踪野兽来到一条小溪边,发现溪水变红了,还散发出腥味。原来,偷狩者一次杀害了几十头河马,还残忍地剥去了河马皮,割掉尾巴,敲光牙齿。河马的血染红了整条小溪。焦尔季是热爱自然、热爱动物的,他下决心要用自己的本领保护野生动物生存的权利。

经过考察,焦尔季发现,野狮不善捕食,繁殖率也很低,成活率也不高,它

们的命运是野生动物中最值得关注的。于是，1970年，世界上的第一个放养狮子的自然保护区就在肯尼亚的科拉建起来了。

从此每天清早，焦尔季和弟弟一起开着车去那里看狮子。当浑身上下只穿着一条裤子的焦尔季跳下车时，狮子便冲向他，咆哮着要吃的，争先恐后地吃他扔下的肉块。年复一年，一些当初还幼小的狮子已经长大了，它们都很爱焦尔季。每次喂完食，焦尔季总要和狮子并排躺下，摸摸它们的鬃毛，帮它们捉捉跳蚤，狮子此刻也会温顺得像只家猫。

20世纪50年代，狮子带给焦尔季的不仅仅是相互的信赖。在从事保护野狮的工作中，焦尔季失去了得力的助手和亲爱的妻子。有一天，一只名叫博亚的狮子饿得发疯了，突然一跃而起扑向焦尔季的助手斯坚利，猛地将他掀翻在地，一口咬断了他的喉咙。当然，对这只残暴的野狮，焦尔季没有宽恕，他当场开枪打死了它。焦尔季的妻子琼也是位自然科学家，她是在一次野外考察时被偷猎者打死的，因此焦尔季更加痛恨那些偷猎者了。

尽管野生动物资源越来越稀缺，为了赚钱，仍有一些偷猎者动用武器，残害野生动物。总有冒险者围着科拉保护区转，焦尔季虽然老了，但反对偷猎者的行为却一天没有停止过。焦尔季没有孩子，他把几十年朝夕相处的狮子看成自己的孩子。

这就是焦尔季·亚当松——目前世界上唯一能和野生狮子和平共处的科学家的故事。

尤加坦洞之谜

　　美国人汤姆逊是一位有胆有识的探险家,他很早以前就知道在墨西哥湾和加勒比海之间有个岛,名字叫尤加坦。

　　20世纪初期,尤加坦岛转到了美国手上,汤姆逊终于可以探险了!一天,就在他苦思冥想着如何能到尤加坦探险时,突然接到了美国当局的通知——汤姆逊被委派到尤加坦去任总领事。这真是喜从天降!眼看着自己梦寐以

求的愿望实现了,汤姆逊是多么地激动啊!

汤姆逊走马上任后不久,即开始对尤加坦岛进行探险活动,他按照传说中的情况到处寻找。一天,他果真在茂密的丛林中,寻找到了"圣泉"和建筑在泉边的那座金字塔形的神殿。这一发现使汤姆逊感到了胜利在望,喜在心头。

汤姆逊发现"圣泉"和神殿后,乘胜前进,在有多方准备的基础上,首先对"圣泉"进行了清理。清理"圣泉"进行得很顺利。"圣泉"果然名不虚传!汤姆逊从泉中先后打捞出了 300 多件金属制品,其中有 5 只金盘子和金酒杯、40 只金碟、20 只金戒指及 100 多只金铃。有不少物品造型新颖,构思巧妙,价值连城。

清理完"圣泉"之后,汤姆逊稍稍休整了一下,又着手清理起泉边的神殿来。清理神殿远不像清理"圣泉"那么顺利,这座神殿底边长 60 米,高 30 米,殿的顶端有座玲珑的小庙。汤姆逊清理神殿,是从打扫殿顶的小庙开始的。这一天,当汤姆逊正在清扫小庙时,他突然发现庙中央的地面上有一块装置得很精巧的石板。汤姆逊小心谨慎地撬开石板,不由大吃一惊,原来石板下面有个洞穴,穴底盘着一条 4 米多长的大蛇。他来不及思索,急忙掏出随身所带的手枪将蛇击毙。待到把死蛇拉出来,汤姆逊钻下洞一看,洞底还有两具蛇吃剩下的人骨架呢!

忽然,汤姆逊发现洞穴底部的石板也是可以移动的,于是他赶紧去掀那一块块石板。汤姆逊一连掀掉了四块石板,当他接着用力掀起第五块石板时,下面出现了一条人工开凿的阶梯。

阶梯的尽头是一间不大的石屋,它位于整个神殿的最底层。石屋里洒着一层厚厚的草木灰,汤姆逊不慌不忙地将地上的草木灰除去,当他把草木灰除完后,一块大石板赫然出现在他的眼前。奇迹出现了!汤姆逊激动万分!他毫不迟疑,使出浑身力气猛地一掀,石板被他掀开了,下面又是一个十四五米深的大洞。汤姆逊远远看去,洞内堆的全是玉石、花瓶和珍珠项链,除此之外,还有一些叫不出名字的稀世珍品!汤姆逊终于如愿以偿了!